我心安好，便是幸福

林清玄 著

中国出版集团 现代出版社

在都市的人也一样的吧！
除了食物与工作，只是渴求着明流的阳光，新鲜的空气，
不被污染的水，以及一点点有良知的关心。

///

活在当下，活在眼前，活在现成的世界。

“谛听”是“外观世音”，让自己与自然冥合；“回忆”是“内观自在”，在静虑中反观自己的心；“检查你的动机”则是“莫忘初心”，不忘最初念头，这种动机的检查是一种“承担”；“把烦恼写在沙滩上”则是“放下”，人生究竟的结局，不要说名利要放下，烦恼也要放下，为什么人总是不愿意及早放下呢？

///

且让我们维持一种平静的心情，就欣赏这些天生的花吧！

///

知味不易，人生得知味之知己，是多么难呀！

生活是一个有颜色、有生息、有动静的世界。

自序　向往一切幸福的可能

想在顶楼阳台种菜，因为阳光、空气、水都是现成的。

在城市花店买了泥土和空盆，一切的前置作业都完成了，才发现，缺少一样最重要的东西，就是青菜的种子。

“青菜的种子”，这在我童年时，随处可见的东西，在现代都市却遍寻不着，甚至连号称什么东西都买得到的网络，也没人卖。

买不到青菜种子，应该是城市里没人种菜了。从前的人惜土惜食，即使是一小块土地，也会种些什么，现在外食太方便，谁会买菜籽来种呢？其次是，卖菜籽的利润微薄，赔钱的生意没人做，谁会花力气去卖一包不到十元的菜籽呢？

城市里找不到，只好托住在乡下的弟弟，到乡间市场去找。

弟弟办事效率奇高，很快就寄来一小箱的菜籽，用快递寄运，邮费比菜籽的价格还高。

不过，菜籽的价值无法以金钱衡量，因为它是活的，是生机无限的。

我还记得种菜之法，把土翻松，将种子撒在盆中，再覆上薄土，淋一点水，接下来，就等青菜发芽，如果没有失误，两三周以后，就会有新鲜的蔬菜可吃了。

由于种菜容易，从前的台湾，把出生于贫苦家庭的人称为“菜籽仔命”，就像是菜籽一样粗贱的生命，天生天养，落在何处就长在何处，最后也会长大成人。

但是，人也有不如菜籽的地方，菜籽易生易养，却不会忘失自己的本质。

那些比芝麻更细的菜籽，如果没有标示，无人知悉它是何种青菜，一旦长大，白菜、菠菜、空心菜、青康菜，株株都是本色本味的。

我们种了什么种子，就会长出什么青菜，青菜从来不会辜负我们，天地也从来不会辜负我们！

耕天耕地耕青松，种桃种李种春风，因缘历历，天地无私。

我每天在为青菜浇水的黄昏，都会抬头望向远方的云天与山林，心随夕阳，有一个美丽优雅的下山。

想到我出生的偏乡，自己正是一粒小小的油麻菜籽，向往山林、河海、蓝天，向往美好、深情、优雅，向往广大、深刻、细腻……

向往一切幸福的可能！

我的一切追寻和写作，就是让一粒菜籽长成青菜，不失本色本味地长成一片翠绿的原野。

现代出版社的朋友，把我从前的向往和追寻编成了《我心安好，便是幸福》，我想到上回种的青菜已经可以采收，心里感到幸福和喜乐，但愿能与有缘的朋友分享！

林清玄
2017 年秋日
台北双溪清淳斋

自序

向往一切美好的可能

想在頂樓陽台種菜，因為陽光空氣水都是現成的。

在城市的花店買了泥土和空盆，一切的前置作業都完成了，才發現，缺少一樣最重要的東西，就是青菜的種子。

「青菜的種子」，它在我童年時隨處可見的東西，在現代都市卻遍尋不著，甚至連號稱什麼東西都買得到的網路，也沒人賣。

買不到青菜種子，應該是城市裡沒人種菜了

從前的人惜土惜食，即使是一小塊土地，也會種些青葉，不失本色本味的長成一片綠的原野。

現代出版社的朋友，把我繽紛的嚮往和追尋編成了《我心安好，便是幸福》，我想到上面种的青葉已經可以採收，心裡感到幸福和喜樂，但願能与有緣的朋友分享！

林清玄　二〇一七年中秋日

台北雙溪清淨齋

理论上，人人都知道月亮随时都在，实际上，很不容易去触及那种光明，也不是不容易触及，而是不愿去实践、不愿去发掘，很少去走出户外。

目录

第一辑：岁月静好，初心不忘

第二辑：心无所恃，随遇而安

第三辑：我心柔软，却有力量

第四辑：从容生活，温柔处世

第五辑：信仰使人清净

第六辑：过自己想要的生活

第七辑：生命的酸甜苦辣

第一辑

岁月静好，初心不忘

一个人只要站稳脚跟，努力地向上生长，
有时不免和别人纠缠，
又有什么要紧呢？
不忘失自己立场与尊严，
最后就会结出果实来，
当果实结成的时候，
一切的纠缠就不重要了。

黄昏菩提

我喜欢黄昏的时候在红砖道上散步，因为不管什么天气，黄昏的光总让人感到特别安静，能较深刻省思自己与城市共同的心灵。但那种安静只是心情的，只是心情一离开或者木棉或者杜鹃或者菩提树，一回头，人声车声哗然而来，那时候就能感受到城市某些令人忧心的品质。

这种品质使我们在吵闹的车流里，有一种难以言喻的寂寞；在奔逐的人群与闪亮的霓虹灯中，我们更深地体会了孤独；在美丽的玻璃帷幕明亮的反光中，看清了这个大城冷漠的质地。

居住在这个大城，我时常思索着怎样来注视这个城，怎样找到它的美，或者风情，或者温柔，或者什么都可以。

有一天我散步累了，坐在建国南路口，就看见这样的场景，疾驰的摩托车撞上左转的货车，因挤压而碎裂的铁与玻璃，和着人体撕伤的血泊，正好喷溅在我最喜欢的一小片金盏花的花圃上。然后刺耳的警笛与救护车，尖叫与围拢的人群，堵塞与叫骂的司机……好像一团铁屑，因磁铁碾过而改变了方向，纷乱骚动着。

对街那头并未受到影响，公车牌上等候的人正与公车司机大声叫骂。一个气喘咻咻的女人正跑步追赶着即将开动的公车。小学生的纠察队正鸣笛制止一个中年人挤进他们的队伍。头发竖立如松的少年正对不肯停的计程车吐口水。穿西装的绅士正焦躁地把烟蒂猛然踩扁在脚下。这许多急促的喘气的画面。几乎难以相信是发生在一个可以非常美丽的黄昏。

惊疑、焦虑、匆忙、混乱的人，虽然具有都市人的性格，生活在都市，却永远见不到都市之美。更糟的是无知。

有一次在花市，举办着花卉大餐，人与人互相压挤践踏只是为了抢食刚剥下来的玫瑰花瓣，或者涂着沙拉酱的兰花。抢得最厉害的是一盏放着新鲜花瓣的红茶，我看到那粉红色的花瓣放进热气蒸腾的茶水，瞬间就萎缩了。然后沉落到杯底。我想，那抢着喝这杯茶的人不正是那一瓣花瓣吗？花市正是滚烫的茶水，它使花的美丽沉落，使人的美丽萎缩。

我从人缝中穿出，看到五尺外的安全岛上，澎湖品种的天人菊独自开放着，以一种卓绝的不可藐视的风姿，这种风姿自然是食花的人群所不可知的。天人菊名声比不上玫瑰，滋味可能也比不上，但它悠闲不为人知的风情，却使它的美丽有了不受摧折的生命。

悠闲不为人知的风情，是这个都市最难得的风情。有一次参加一个紧张的会议，会议上正纷纭地揣测着消费者的性别、年龄、习惯与爱好：什么样的商品是十五到二十五岁的人所要的？什么样的资讯最适合这个城市的青年？什么样的颜色最能激起购买欲？什么样的抽奖与赠送最能使消费者盲目？用什么形式推出才是我们的卖点和消卖者情不自禁的买点？后来，会议陷入了长长的沉默，灼热的烟雾弥漫在空调不敷应用的会议室里。

我绕过狭长的会议桌，走到长长的只有一面窗的走廊透气，从十四层的高楼俯视，看到阳光正以优美的波长，投射在春天的菩提树上，反射出一种娇嫩的生命之骚动，我便临时决定不再参加会议，下了楼，轻轻踩在红砖路上，听着欢跃欲歌的树叶长大的声音，细微几至听不见。回头，正看到高楼会议室的灯光起，大家继续做着灵魂烧灼的游戏，那种燃烧使人处在半疯的状态，而结论却是必然的：没有人敢确定现代的消费者需要什么。

我也不敢确定，但我可以确定的是，现代人更需要诚恳的、关心的沟通，有情的、安定的讯息。就像如果我是春天这一排被局限的安全岛的菩提树，任何有情与温暖的注视，都将使我怀着感恩的心情。

生活在这样的都市里，我们都是菩提树，拥有土地虽少，勉强抬头仍可看见广大的天空；我们中有常在会议桌上被讨论的共相，可是我们每天每刻的美丽变化却不为人知。“一棵树需要什么呢？”园艺专家在电视上说：“阳光、空气和水而已，还有一点点关心。”

活在都市的人也一样的吧！除了食物与工作，只是渴求着明流的阳光，新鲜的空气，不被污染的水，以及一点点有良知的关心。

“会议的结果怎样？”第二天我问一起开会的人。

“销售会议永远不会有正确的结论。因为没有人真正了解十五岁到二十五岁现代都市人的共同想法。”

如果有人说：我是你们真正需要的！那人不一定真正知道我们的需要。

有一次在仁爱小学的操场政见台上，连续听到五个人说：“我是你们真正要的。”那样高亢的呼声带着喝彩与掌声如烟火在空中散放。我走出来，看见安和路上黑夜的榕树，感觉是那样的沉默、那样的矮小，忍不住问它说：“你真正的需要是什么呢？”

我们其实是像那样沉默的榕树一样渺小，最需要的是自在地活着。走路时不必担心亡命的来车，呼吸时能品到空气的香甜，搭公车时不失去人的尊严，在深夜的黑巷中散步也能和陌生人微笑招呼，时常听到这社会的良知正在觉醒，也就够了。

我更关心的不是我们需要什么，而是青年究竟需要什么？十五岁到二十岁的，难道没有一个清楚的理想，让我们在思索推论里知悉吗？

我们关心的都市新人种，他们耳朵罩着随身听，过大的衬衫放在裤外，即使好天他们也罩一件长到小腿的黑色神秘风衣。少女们则全身燃烧着颜色一样，黄绿色的发，红蓝色的衣服，黑白鞋，当他们打着拍子从我面前走过，就使我想起童话里跟随王子去解救公主的人物。

新人种的女孩，就像敦化南路的花圃上，突然长出一株不可辨认的春花，它没有名字，色彩怪异，却开在时代的风里。男孩们则是忠孝东路刚刚修剪过的路树，又冒出了不规则的枝丫，轻轻地反抗着剪刀。

最流行的杂志上说，那彩色的太阳眼镜是“燃烧的气息”，那长短不一染成红色的头发是“不可忽视的风格之美”，那一只红一只绿的布鞋是“青春的两个眼睛”，那过于巨大的不合身的衣服是“把世界的伤口包扎起来”，而那些新品种的都市人则被说成是“青春与时代的领航者”。

这些领航的大孩子，他们走在五线谱的音符上，走在调色盘的颜料上，走在影院的看板上，走在虚空的玫瑰花瓣上，他们连走路的姿势，都与我年轻的时代不同了。

我的青年时代，曾经跪下来嗅闻泥土的芳香，因为那芳香而落泪；曾经热烈争辩国族该走的方向，因为那方向而忧心难眠；曾经用生命的热血与抱负写下慷慨悲壮的诗歌，因为那诗歌燃烧起火把互相传递。曾经，曾经都已是昨日，而昨日是西风中凋零的碧树。

“你说你们那一代忧国忧民，有理想有抱负，我请问你，你们到底做了什么了不起的大事？”一位西门町的少年这样问我。

我们到底做了什么了不起的大事？拿这个问题问飘过的风得不到任何回答；问路过的树，没有一棵摇曳；问满天的星，天空里有墨黑的答案，这是多么可以的问题，我们这些自谓有理想有抱负忧国忧民的中年，只成为黄昏时稳重散步的都市人，那些不知道有明天而在街头舞的少年，则是半跑半跳的都市人，这中间有什么差别呢？

有一次，我在延吉街花市，从一位年老的花贩口里找到一些答案，他说：“有些种子要做肥料，有些种子要做泥土，有一些种子是天生要开美丽的花。”

农人用犁耙翻开土地，覆盖了地上生长多年的草，草很快地成为土地的一部分。然后，农人在地上撒一把新品种的玫瑰花种子，那种子抽芽发茎，开出最美的璀璨之花。可是没有一朵玫瑰花知道，它身上流着小草的忧伤之血，也没有一朵玫瑰记得，它的开放是小草舍身的结晶。

我们这一代没有做过什么大事，我们没有任何功勋给青年颂歌，就像曾经在风中生长，在地底怀着热血，在大水来时挺立，在干旱的冬季等待春天，在黑暗的野地里仰望明亮的天星，一株卑微的小草一样，这算什么功勋呢？土地上任何一株小草不都是这样活着的吗？

所以，我们不必苛责少年，他们是天生就来开美丽的花，我们半生所追求的不也就是那样吗？无忧地快乐地活着，我们的现代是他们的古典，他们的庞克何尝不是明天的古典呢？且让我们维持一种平静的心情，就欣赏这些天生的花吧！

光是站在旁边欣赏，好像也缺少一些东西，有一次散步时看到工人正在仁爱路种树，他们先把树种在水泥盆子里，再把盆子埋入土中，为什么不直接种到土地里呢？我疑惑着。

工人说："用盆子是为了限制树的发展，免得树根太深，破坏了道路、水管和地下电缆。也免得树长得太高，破坏了电线和景观。"

原来，这是都市路树的真相，也是都市青年的真相。

我们是风沙的中年，不能给温室的少年指出道路，就像草原的树没有资格告诉路树，应该如何往下扎根、往上生长。路树虽然被限制了根茎，但自己有自己的风姿。

那样的心情，正如同有一个晚秋的清晨，我发现路边的马缨丹结满了晶莹露珠，透明得没有一丝杂的露珠停在深绿的叶脉上，那露水，令我深深感动，不只是感动的那种美，而是惊奇于都市的花草也能在清晨有这样的清明的露。

那么，我们对都市风格、人民品质的忧心是不是过度了呢？

都市的树也是树，都市人仍然是人。

凡是树，就会努力生长；凡是人，就不会无端堕落。

凡是人，就有人的温暖；凡是树，就会有树的风姿。

树的风姿，最美的是敦化南北路上的枫香树吧！在路边的咖啡屋叫上好的咖啡，从明亮的落地窗望出去，深深感到那些安全岛上的枫香树，风情一点也不比香榭里舍大道的典雅逊色，虽然空气是脏了一点，交通是乱了一点，喇叭与哨子是吵了点，但枫香树多么可贵，犹自那样青翠、那样宁谧、那样深情，甚至那样有一种不可言说的傲骨，不肯为日渐败坏的环境屈身。

尤其是黄昏时分，阳光的金粉一束束从叶梢间穿过，落在满地的小草上，有时目光随阳光移动，还可以看到酢浆草新开的紫色小花，嫩黄色的小蛱蝶在花上飞舞，如果我们用书框框住，就是印象派中最美丽的光影了。可惜有很多人在都市生活了一辈子，总是匆忙走来走去，从来没有看过这种美。

枫香之美、都市人之品质、都市之每株路树，虽各有各的风情，其实都是渺小的。有一回我登上郊外的山，反观这黄昏的都城，发现它被四面的山手拉手环抱着，温柔的夕阳抚触着城市的每一个角落，天边朗朗升起万道金霞，这时，一棵棵树不见了，一个个人也不见了，只看到互相拥抱的人，它的污染拥挤脏乱都不见了，只留下繁华落尽的一种清明壮大庄严之美。

回望我所居的城市，这座平常使我因烦厌而去寻找细部之美的城，当时竟陪我跨越尘沙，照见了一些真实的大块的面目。那一天我在山顶上坐到辉煌的灯火为城市戴着光环才下山，下山还感觉至美正一分一分地升起。

我们如果能回到自我心灵真正的明净，就能拂拭蒙尘的外表，接近更美丽单纯的内里，面对自己是这样，面对一座城市时不也是这样吗？清晨时分，我们在路上遇到全然陌生的人，互相点头微笑，那时我们的心是多么清明温情呀！我们的明净可以洗清互相的冷漠与污染，同时也可以洗涤整个城市。

如果我们的心足够明净，还会发现太阳离我们很近，月亮离我们很近，星星与路灯都放着光明，簇拥着我们前进。

就像有一天我在仁爱路的菩提树上，发现了一个小红蚂蚁的窝，它们缓缓地在春天的菩提枝丫上蠕动，充满了生命清新的力量，正伸出触角迎接经过漫长阴雨之后都市的新春。

对于我们来说，那乱车奔驰的路侧，是不适于生存，甚至不适宜站立的；可是对菩提树，它们努力站立，长出干净的新绿；对小红蚂蚁，它们自在生存，欣然迎接早春；我们都是一样，是默默不为人知，在都市的脉搏里流动的一丝清明之血。

从有蚂蚁窝的菩提树荫走到阳光浪漫的黄昏，我深深地震动了，觉得在乡村生活的人是生命的自然，而在都市里生活的人，更需要一些古典的心情、温柔的心情，一些经过污染还能沉静的智慧。这株黄昏的菩提树，树中的小蚂蚁，不是与我一起在通过污染，而对自己古典、温柔、沉静的心情吗？

黄昏时，那一轮金橙色的夕阳离我们极远极远，但我们一发出智慧的声音，他就会安静地挂在树梢上，俯身来听，然后我感觉，夕阳只是个纯真的孩子，他永远不受城市的染着，他的清明需要一些赞美。

每天我走完了黄昏的散步，将归家的时候，我就怀着感恩的心情摸摸夕阳的头发，说一些赞美与感激的话。

感恩这人世的缺憾，使我们警醒不至于堕落。

感恩这都市的污染，使我们有追求明净的智慧。

感恩那些看似无知的花树，使我们深刻地认清自我。

最大的感恩是，我们生而为有情的人，不是无情的东西，使我们能凭借情温暖，走出或冷漠或混乱或肮脏或匆忙或无知的津渡，找到源源不绝的生命之泉。

听完感恩与赞美，夕阳就点点头，躲到群山背面，只留下满天羞红的双颊。

好雪片片

在盛夏的信义路上，常常会看到一位流浪的老人，即使热到三十八摄氏度的盛夏，他仍着一件很厚的中山装，中山装里还有一件毛衣。那么厚的衣物使他肥胖笨重有如木桶。平常他就蹲坐在街角歪着脖子，看来往的行人，也不说话，只是轻轻地摇动手里的奖券。

很少的时候，他会站起来走动。当他站起，才发现他的椅子绑在皮带上，走的时候，椅子摇过来，又摇过去。他脚上穿着一双老式的牛伯伯打游击的大皮鞋，摇摇晃晃像陆上的河马。

如果是中午过后，他就走到卖自助餐摊子的前面一站，想买一些东西来吃，摊贩看到他，通常会盛一盒便当送给他。他就把吊在臀部的椅子对准臀部，然后坐下去。吃完饭，他就地睡午觉，仍是歪着脖子，嘴巴微张。

到夜晚，他会找一块干净挡风的走廊睡觉，把椅子解下来当枕头，和衣，甜甜地睡去了。

我观察老流浪汉很久了，他全部的家当都带在身上，几乎终日不说一句话，可能他整年都不洗澡的。从他的相貌看来，应该是北方人，流落到这南方热带的街头，连最燠热的夏天都穿着家乡的厚衣。

对于街头的这位老人，大部分人都会投以厌恶与疑惑的眼光，小部分人则投以同情。

我每次经过那里，总会向老人买两张奖券，虽然我知道即使每天买两张奖券，对他也不能有什么帮助，但买奖券使我感到心安，并使同情找到站立的地方。

记得第一次向他买奖券那一幕，他的手、他的奖券、他的衣服同样的油腻污秽，他缓缓地把奖券撕下，然后在衣袋中摸索着，摸索半天掏出一个小小的红色塑胶套，这套子竟是崭新的，美艳得无法和他相配。

老人小心地把奖券装进红色塑胶套，由于手的笨拙，使这个简单动作也十分艰难。

“不用装套子了。”我说。

“不行的，讨个喜气，祝你中奖！”老人终于笑了，露出缺几颗牙的嘴，说出充满乡音的话。

他终于装好了，慎重地把红套子交给我，红套子上写着八个字：“一券在手，希望无穷。”

后来我才知道，不管是谁买奖券，他总会努力地把奖券装进红套子里。慢慢我理解到了，小红套原来是老人对买他奖券的人一种感激的表达。每次，我总是沉默耐心等待，看他把心情装进红封套，温暖四处流动着。

和老人逐渐认识后，有一年冬天黄昏，我向他买奖券，他还没有拿奖券给我，先看见我穿了单衣，最上面的两个扣子没有扣。老人说：“你这样会冷吧！”然后，他把奖券夹在腋下，伸出那双油污的手，要来帮我扣扣子，我迟疑一下，但没有退避。

老人花了很大的力气，才把我的扣子扣好，那时我真正感觉到人明净的善意，不管外表是怎么样的污秽，都会从心的深处涌出，在老人为我扣扣子的那一刻，我想起了自己的父亲，鼻子因而酸了一阵。

老人依然是街头的流浪汉，把全部的家当带在身上，我依然是我，向他买着无关紧要的奖券。但在我们之间，有一些友谊，装在小红套，装在眼睛里，装在不可测的心之角落。

我向老人买过很多很多奖券，都未中过奖，但每次接过小红套时，我觉得那一时刻已经中奖了，真的是“一券在手，希望无穷”。我的希望不是奖券，而是人的好本质，不会被任何境况所淹没。我想到伟大的禅师庞蕴说的：“好雪片片，不落别处！”我们生活中的好雪，明净之雪也是如此，在某时某地当下即见，美丽的落下，落下的雪花不见了，但灌溉了我们的心田。

无风絮自飞

在我们家乡有一句话，叫：“菜瓜藤，肉豆须，分不清。”意思是丝瓜的藤蔓与肉豆的茎须一旦纠缠在一起，是无法分辨的。

因此，像兄弟分家的时候、夫妻离婚的时候，有许多细节部分是无法处理的，老一辈的人就会说：“菜瓜藤与肉豆须，分不清呀！”还有，当一个人有很多亲戚朋友，社会关系异常复杂的时候，也可以用这一句来形容。以及一个人在人生过程中纠缠不清，甚至看不清结局之际，也可以用这一句来形容。

住在都市的人很难理解到这九个字的奥妙，因为他们没有机会看到丝瓜与肉豆藤须缠绵的样子。乡下人谈到人事难以理清的真实情境，一提到这句话都会不禁莞尔，因为丝瓜与肉豆在乡间是最平凡的植物，几乎家家都有种植。我幼年时代，院子的棚架下就种了许多丝瓜和肉豆，看到它们纠结错综，常常会令我惊异，真的是肉眼难辨，现在回想起来，感觉到现代人复杂难以理清的人际关系，确实像这两种植物藤蔓的纠缠，想找到丝瓜与肉豆的根与果是不难的，但要在生长的过程中分辨清楚就非常困难了。

有一次我发了笨心，想要彻底地分辨两者的不同，却把丝瓜和肉豆的茎叶都扯断了。父亲看见了觉得很好笑，就对我说：“即使你能分辨这两株植物又有什么意义呢？你只要在它们的根部浇水施肥，好好地照顾让它们长大，等到丝瓜和肉豆长出来，摘下来吃就好了，丝瓜和肉豆都是种来食用的，不是种来分辨的呀！”

父亲的话给了我很好的启示，在人生一切关系的对应上也是如此，一个人只要站稳脚跟，努力地向上生长，有时不免和别人纠缠，又有什么要紧呢？不忘失自己立场与尊严，最后就会结出果实来，当果实结成的时候，一切的纠缠就不重要了。

另外一个启示就是自然，万事万物都有其自然的法则，依循这自然的发展，常常回头看看自己的脚跟，才是生命成长正常的态度。种什么样的因会结出什么样的果，是必然的，丝瓜虽与肉豆无法分辨，但丝瓜是丝瓜，肉豆是肉豆，这是永远不会变的，我们能做的就是让丝瓜长出好的丝瓜，让肉豆结出肥硕的肉豆！

丝瓜是依自然之序而生长结果，红花是这样红的，绿叶也是这样绿的，没有人能断绝自然而超越地活在世界，所以禅师说：“不雨花犹落，无风絮自飞。”花与絮的飞落不必因为风雨，而是它已进入了生命的时序。

日本的道元禅师到中国习禅归国后，许多人问他学到了什么，他说：“我已真正领悟到眼睛是横着长、鼻子是竖着长的道理，所以我空着手回来。”

听到的人无不大笑，但是他们的笑声立刻都冻结了，因为他们之中没有人知道为何鼻子竖着长而眼睛横着长，这使我们知道，禅心就是自然之心，没有经过人生庄严的历练，是无法领会其中真谛的呀！

红心番薯

看我吃完两个红心番薯，父亲才放心地起身离去，走的时候还落寞地说："为什么不找个有土地的房子呢？"

这次父亲北来，是因为家里的红心番薯收成，特地背了一袋给我，还挑选几个格外好的，希望我种在庭前的院子里。他万万没有想到，我早已从郊外的平房搬到城中的大厦，是根本容不下绿色的地方，甚至长不出一株狗尾巴草，更不要说番薯了。

到车站接了父亲回到家里，我无法形容父亲的表情有多么近乎无望。他在屋内转了三圈，才放下提着的麻袋，愤愤地说："伊娘咧！你竟住在无土的所在！"一个人住在脚踏不到泥土的地方，父亲竟不能忍受，这也是我看到他的表情后才知道的。然后他的愤愤转变成喃喃："你住在这种上不着天下不着地的所在，我带来的番薯要种在哪里？要种在哪里？"

父亲对番薯的感情，也是这两年我才深切知道的。

那是有一次我站在旧家前，看着河堤延伸过来的菅芒花，在微凉的秋风中摇动着，那些遍地蔓生的菅芒长得有一人高，我看到较近的菅芒摇动得特别厉害，凝神注视，才突然看到父亲走在那一片菅芒里，我大吃一惊。原来父亲的头发和秋天灰白的菅芒花是同一种颜色，他在遍地菅芒的野地里走了几百米，我竟未能看见。

那时我站在家前的番薯田里，父亲来到我的面前，微笑地问："在看番薯吗？你看长得像羊头一样大了哩！”说着，他蹲下来很细心地拨开泥土，捧出一个精壮圆实的番薯来，以一种赞叹的神情注视着番薯。我带着未能在菅芒花中看见父亲身影的愧疚心情，与他面对面蹲着。父亲突然像儿童一般天真欢愉地叹了一口气，很自得地说：“你看，恐怕没有人番薯种得比我好了。”然后他小心翼翼地把那个番薯埋入土中，动作像是在收藏一件艺术品，神情庄重而带着收获的欢愉。

父亲的神情使我想起幼年关于番薯的一些记忆。有一次我和几位外省的小孩子吵架，他们一直骂着：“番薯呀！番薯呀！”我就回骂：“老芋呀！老芋呀！”

对这两个名词我是疑惑的，回家询问了父亲。那天他喝了几杯老酒，神情很是愉快，他打开一张老旧的地图，指着台湾的那一部分说：“台湾的样子真是像极了红心的番薯，你们是这番薯的子弟呀！”而无知的我便指着北方广大的大陆说：“那这大陆的形状就是一个大的芋头了，所以外省人是芋仔的子弟？”父亲大笑起来，抚摸着我的头说：“憨囝仔，我们也是从唐山来的，只是来得比较早而已。”

然后他用一支红笔，在地图上将我们遥远的北方故乡有力地画下来，牵连到我们所居的台湾南部。那是第一次在十烛光的灯泡下，我认识到，芋头与番薯原来是极其相似的植物，并不是我们想象中那么判然有别的。也是第一次知道，原来在东北会落雪的故乡，也遍生着红心的番薯！

我更早的记忆，是从我会吃饭开始的。家里每次收成番薯，总是保留一部分填置在木板的眠床底下。我们的每餐饭中一定煮了三分之一的番薯，早晨的稀饭里也放了番薯，有时吃腻了，我就抱怨起来。

听完我的抱怨，父亲就激动地说起他少年的往事。他们那时为了躲警报，常常在防空壕里一窝就是一整天。所以祖母每每把番薯煮好放着，一旦警报声响起，父亲的九个兄弟姐妹就每人抱两三个番薯直奔防空壕，一边啃番薯，一边听飞机和炮弹在四处交响。他的结论常常是：“那时候有番薯吃，已经是天大的幸福了。”他一说完这个故事，我们只好默然地把番薯扒到嘴里去。

父亲的番薯训诫并不是寻常都如此严肃，偶尔也会说起战前在日本人的小学堂中放屁的事。由于吃多了番薯，屁有时是忍耐不住的，当时吃番薯又是一般家庭所不能免，父亲形容说：“因此一进了教室往往是战云密布，不时传来屁声。”而他说放屁是会传染的，常常一呼百应，万众皆响。有一回放屁放得太厉害，全班被日本老师罚跪在窗前，即使跪着，屁声仍然不断。父亲玩笑地说：“经过跪的姿势，屁声好像更响了。”他说这些的时候，我们通常就吃番薯吃得比较甘心，放起屁来也不以为忤了。

然后是一阵战乱，父亲到南洋打了几年仗，在丛林之中，时常从睡梦中把他唤醒，时常让他在思乡时候落泪的，不是别的珍宝，而是普普通通的红心番薯。它炙烤过的香味，穿过数年的烽火，在万金家书也不能抵达的南洋，温暖了一位年轻战士的心，并呼唤他平安地回到家乡。他有时想到番薯的香味，一张像极番薯形状的台湾地图就清楚浮现，思绪接着往南方移动，再来的图像便是温暖的家园，还有宽广无边、结满黄金稻穗的大平原……

战后返回家乡，父亲的第一件事便是在家前家后种满了番薯，日后遂成为我们家的传统。家前种的是白瓤番薯，粗大壮实，一个可以长到十斤以上；屋后一小片园地是红心番薯，一串一串的果实，细小而甜美。白瓤番薯是为了预防战争逃难而准备的，红心番薯则是父亲南洋梦里的乡思。

每年父亲从南洋归来的纪念日，夜里的一餐我们通常不吃饭，只吃红心番薯，听着父亲诉说战争的种种，那是我农夫父亲的忧患意识。他总是记得饥饿的年代，番薯是可以饱腹的，如今回想起来，一家人围着小灯食薯，那种景况我在凡·高的名画《食薯者》中几乎看见，在沉默中，是庄严而肃穆的。

在这个近百年来中国最富裕的此时此地，父亲的忧患想来恍若一个神话。大部分人永远不知有枪声，只有极少数经过战争的人，在他们心底有一段番薯的岁月，那岁月里永远有枪声时起时落。

由于有那样的童年，日后我在各地旅行的时候，便格外留心番薯的踪迹。我发现在我们所居的这张番薯形状的地图上，从最北角到最南端，从山坡上贫瘠的石头地到河岸边肥沃的沙浦，番薯都能坚强地、不经由任何肥料与农药而向四方生长，并结出丰硕的果实。

有一次，我在澎湖人口已经迁徙的无人岛上，看到人所耕种的植物都被野草吞没了，只有遍生的番薯还和野草争着方寸，在无情的海风烈日下开出一片淡红的晨曦颜色的花，而且在最深的土里，各自紧紧握着拳头。那时我知道在人所种植的作物之中，番薯是最强悍的。

这样想着，幼年家前家后的番薯花突然在脑中闪现，番薯花的形状和颜色都像牵牛花，唯一不同的是，牵牛花不论在篱笆上，还是在阴湿的沟边，都抬头挺胸，仿佛要探知人世的风景；番薯花则通常是卑微地依着土地，好像在嗅着泥土的芳香。在夕阳将下之际，牵牛花开始萎落，而那时的番薯花却开得正美，淡红晚霞一样的色泽，染满了整片土地。

正如父亲常说，世界上没有一种植物比得上番薯，它从头到脚都有用，连花也是美的。现在台北最干净的菜市场也有卖番薯叶子的青菜，价钱还颇不便宜。有谁想到这在乡间是最卑贱的菜，是逃难的时候才吃的？

在我居住的地方，巷口本来有一位卖糖番薯的老人，一个滚圆的大铁锅，挂满了糖渍过的番薯，开锅的时候，一缕扑鼻的香味由四面扬散出来，那些番薯是去皮的，长得很细小，却总像记录着什么心底的珍藏。有时候我向老人买一个番薯，散步回来时吃着，那蜜一样的滋味进了腹中，却有一点酸苦，因为老人的脸总使我想起在烽烟中奔走过的风霜。

老人是离乱中幸存的老兵，家乡在山东偏远的小县。有一回我们为了番薯问题争辩起来，老人坚称台湾的红心番薯如何也比不上他家乡的红瓤地瓜，他的理由是："台湾多雨水，地瓜哪有俺家乡的甜？俺家乡的地瓜真是甜得像蜜！"老人说话的神情好像当时他已回到家乡，站在地瓜田里。看着他的神情，使我想起父亲和他的南洋，他在烽火中的梦，我真正知道，番薯虽然卑微，它却连接着乡愁的土地，永远在乡思的天地里吐露新芽。

父亲送我的红心番薯过了许久，有些要发芽的样子，我突然想起在巷口卖糖番薯的老人，便提了一些去巷口送他，没想到老人改行卖牛肉面了，我说："你为什么不卖地瓜呢？"老人愕然地说："唉！这年头，人连米饭都不肯吃了，谁来买俺的地瓜呢？"我无奈地提着番薯回家，把番薯袋子丢在地上，一个番薯从袋口跳出来，破了，露出其中鲜红的血肉。这些无知的番薯，为何经过三十年，心还是红的，不肯改一点颜色？

老人和父亲生长在不同背景的同一个年代，他们在颠沛流离的大时代里，只是渺小而微不足道的人，可能只有那破了皮的红心番薯才能记录他们心里的颜色；那颜色如清晨的番薯花，在晨曦掩映的云彩中，曾经欣欣茂盛过，曾经以卑微的球根累累互相拥抱、互相温暖。他们之所以能卑微地活过人世的烽火，是因为在心底的深处有着故乡的骄傲。

站在阳台上，我看到父亲去年给我的红心番薯，我任意种在花盆中，放在阳台的花架上，如今，它的绿叶已经长到磨石子地上，甚至有的伸出阳台的栏杆，仿佛在找寻什么。每一丛红心番薯的小叶下都长出根的触须，在石地板上待久了，有点萎缩而干枯了。那小小的红心番薯竟是在找寻它熟悉的土地吧！因为土地，我想起父亲在田中耕种的背影，那背影的远处，是他从菅芒花丛中远远走来，到很近的地方，花白的头发，冒出了菅芒。为什么番薯的心还红着，父亲的头发竟白了。

在我十岁那年，父亲首次带我到都市来，我们行经一片被拆除公寓的工地，工地堆满了砖块和沙石。父亲在堆置的砖块缝中，一眼就辨认出几片番薯叶子，我们循着叶子的茎络，终于找到几乎被完全掩埋的根，父亲说:“你看看这番薯，根上只要有土，它就可以长出来。”然后他没有再说什么，执起我的手，走路去饭店参加堂哥隆重的婚礼。

如今我细想起来，那一株被埋在建筑工地的番薯，有着逃难的身世，由于它的脚在泥土里，苦难也无法掩埋它，比起这些种在花盆中的番薯，它有着另外的命运和不同的幸福，就像我们远离了百年的战乱，住在看起来隐秘而安全的大楼里，却有了失去泥土的悲哀——伊娘咧！你竟住在无土的所在。

星空夜静，我站在阳台上仔细端凝盆中的红心番薯，发现它吸收了夜的露水，在细瘦的叶片上，片片冒出了水珠，每一片叶都沉默小心地呼吸着。那时，我几乎听到了一个有泥土的大时代，上一代人的狂歌与低吟都埋在那小小的花盆中，只有静夜的敏感才能听见。

九月很好

月亮是永不失去的，
月亮看不见只是
被云层所遮蔽，
并不会离开它存在的地方。
见不到月亮的人
只是被云层所遮，
并不是没有月亮。

月亮与台风

快中秋了，阳历是九月。

孩子的自然课本，要做九月天象的观察，特别是要观察记录月亮，从八月初记录到中秋节。

每天夜里吃过晚饭，孩子就站在阳台等待月亮出来，有时甚至跑到黑暗的天台，仰天巡视，然后会看到他垂头丧气地进屋，说："月亮还是没有出来。"

我看到孩子写在习作上，几天都是这样的句子：云层太厚，天空灰暗，月亮没有出来，无法观察。

最近这几天，连续几个台风来袭，月亮更连影子都没有，孩子很不开心，他说："爸爸，这九月怎么这么烂，连个月亮也看不见！"

"九月并不坏呀！最热的天气已经过了，气温开始转凉，是最美丽的秋天，有最好的月亮，只不过是这几天天气差一点而已。"

我告诉孩子，台风虽然是讨厌的、有破坏力的，但是台风也有很多好处，例如它会带来丰沛的雨量，解除荒旱的问题；例如它会把垃圾、不好的东西来一次清洗；又例如让我们感受到人身渺小，因此敬畏自然。

"既然不能观察月亮，你何不观察台风呢？"

"好主意！"孩子欢喜地说。

我看到他的作业簿上，写着诗一样的记录：风从东西南北吹来，云在天空赛跑，雨势一下大一下小，伞在路上开花。

台风的美，可能也不输给月亮。

月亮永不失去

中秋节没有月亮真是扫兴的事。

我想到，我们在乎的可能不是月亮，而是在乎期待的落空，否则每个月十五都是月圆，大部分人都没有什么感觉的。

生活实在太忙了，一般人平常抽不出时间看天色，中秋几乎成为唯一看天空的日子，我们准备了月饼、柚子、茶食就在表示我们是多么慎重地想看看月亮，让月亮看看我们。

好，月亮既然不出现，也就算了，我们吃吃月饼、尝尝柚子，在暗夜中睡去，明天再开始投入忙碌的生活，期待明年的中秋月亮。

其实，月亮是永不失去的，月亮看不见只是被云层所遮蔽，并不会离开它存在的地方。见不到月亮的人只是被云层所遮，并不是没有月亮。

可惜的是，我们一年才看一次月亮，有多少人一年里看见一次自我的光明呢？在这个世界上，没有人能真正了解或知道我们，如果连自己都不能寻找生命的根源，不能觉知自我的光明，就连自己也不能自知了。

理论上，人人都知道月亮随时都在，实际上，很不容易去触及那种光明，也不是不容易触及，而是不愿去实践、不愿去发掘，很少去走出户外。

孤单之旅

在这个寂寞的时代，没有人能完全地互相了解，即使是知己、最亲密的人，也难以触及我们的内在世界。

因此，每一次的人生，就是一段孤单之旅。

我时常在想，由于生命的孤单和不足，这人间才会分成男人和女人、父母和子女、朋友和敌人、丈夫和妻子，如果是在一个完美与圆满的世界，一个人已经很够了。

也因为这种孤单和分裂，我们之间永远不能互相了解，对于自己的心如果能了解、能坦诚面对，也就够了；对于别人的心意，如果能了解一部分，不互相对立，也就很好了。

生命之所以有这么多不同，有着各种因缘和关系，是希望我们能从孤单中走出，试着去知道生命的不足。也由于孤单与不足，才会有一些更高层次的东西触动我们、吸引我们、带领我们。

生命的触动

生命的触动是多么必要呀！

当某种语言触动了我们的思维，那就是诗歌或者统称为文学。

当某种颜色触动了我们的眼睛，那就是绘画。

当某种音声触动了我们的心灵，那就是音乐。

当某种传奇或故事触动了我们，那就是戏剧呀！

当某种情感触动了我们，那就是爱；当某种爱提升了我们，那就是感恩；当某种感恩被触动，就可以吸引我们、带领我们，走向生命完美的归向。

心地明明，乾坤朗朗

在现实的生命，没有什么是圆满的，有时平静，有时狂喜；时而寂寞，时而热闹；或者欢欣，或者悲哀。

在现实的宇宙，没有什么是完美的，有时风和日丽是狂风暴雨的预示；有时云天晴美是地震台风的前兆；有时呀！不测的风雨会在午后的大晴朗后出来。

我时常在想，这变动不居的宇宙是不是我们变动不居的心识之映现？如果心地明明，是不是就乾坤朗朗了呢？

我找不到答案，唯一知道的是，台风来的时候，如果我们把房子造得坚固一些，我们依然可以在平静温暖的灯下读书。

悲伤与唱歌

生命不免会唱悲伤的歌。

但唱过歌的人都会发现，我们唱的歌愈是忧伤就愈是能洗净我们的悲情。

“悲伤地唱歌”和“唱悲伤的歌”是很不同的。

不管是悲伤或者是唱歌，都只是人生的一小段旅途。

好的悲伤和好的唱歌都会令我们感动，感动是最好的，感动使我们知悉生命的炽热，感动使我们见证了心灵的存在，感动使我们或悲或喜，忽哭忽笑，强化了生命的弹性。

能悲伤是好的。

能唱歌是好的。

悲伤时好好地悲伤吧！

唱歌时高扬地唱歌吧！

大不了

有几个朋友同时来向我诉苦，他们都在同一个办公室做事，关系不良、错综复杂，但他们分别是我的朋友。

他们相互之间看到的都是缺点，可能是距离近的缘故。

我看到他们的都是优点，可能是距离保持的缘故。

连续接几个电话下来，感觉就像是看“罗生门”一样，每一个都是真相，每一个也都不是真相。

对每一个朋友我总是说：“别那么在乎，天下没有什么大不了的事！”

总统死了，会有新的总统。何况是小小的办公室呢？

真的，不必太在乎，不必太执着，天下没有大不了的事！

九月很好

九月是很好的月份。

中秋月圆、云淡风轻、温和爽飒。

真的，九月是很好的月份。

最近的那个台风也过去了，九月很好。

月光下的喇叭手

冬夜寒凉的街心，我遇见一位喇叭手。

那时月亮很明，冷冷的月芒斜落在他的身躯上，他的影子诡异地往街边拉长出去。街很空旷，我自街口走去，他从望不见底的街头走来，我们原也会像路人一般擦身而过，可是不知道为什么，那条大街竟被他孤单凉寞的影子紧紧塞满，容不得我们擦身。

霎时间，我觉得非常神秘，为什么一个平常人的影子在凌晨时仿佛一张网，塞得街都满了，我惊奇地不由自主地站定，定定看着他缓缓走来，他的脚步零乱颠踬，像是有点醉了，他手中提的好像是一瓶酒，他一步一步逼近，在清冷的月光中我看清，他手中提的原来是一把伸缩喇叭。

我触电般一惊，他手中的伸缩喇叭的造型像极了一条被刺伤而惊怒的眼镜蛇，它的身躯盘卷扭曲，它充满了悲愤的两颊扁平地亢张，好像随时要吐出“嗞嗞”的声音。

喇叭精亮的色泽也颓落成蛇身花纹一般，斑驳锈黄色的音管因为有许多伤痕凹凹扭扭，缘着喇叭上去是握着喇叭的手血管纠结，缘着手上去我便明白地看见了塞满整条街的老人的脸。他两鬓的白在路灯下反射成点点星光，穿着一袭宝蓝色滚白边的制服，大盖帽也缩皱地贴在他的头上，帽徽是一只振翅欲飞的老鹰，他真像一个打完仗的兵士，曳着一把流过许多血的军刀。

突然一阵汽车喇叭的声音，汽车从我的背后来，强猛的光使老人不得不举起喇叭护着眼睛。他放下喇叭时才看见站在路边的我，从干瘪的唇边迸出一丝善意的笑。

在凌晨的夜的小街，我们便那样相逢。

老人吐着冲天的酒气告诉我，他今天下午送完葬分到两百元，忍不住跑到小摊去灌了几瓶老酒，他说："几天没喝酒，骨头都软了。"他翻来翻去从裤子口袋中找到一张百元大钞，"再去喝两杯，老弟！"他的语句中有一种神奇的口令似的魔力，我为了争取请那一场酒费了很大的力气。最后，老人粗声地欣然地答应："就这么说定，俺陪你喝两杯，我吹首歌送你。"

我们走了很长的黑夜的道路，才找到隐没在街角的小摊，他把喇叭倒盖起来，喇叭倒盖在油污的桌子上，肥胖浑圆的店主人操一口广东口音，与老人的清瘦形成很强烈的对比。老人豪气地说："广东、山东，俺们是半个老乡哩！"店主惊奇笑问，老人说："都有个东字哩！"我在六十瓦的灯泡下笔直地注视老人，不知道为什么，竟在他平整的双眉跳脱出来几根特别灰白的长眉毛上，看出一点忧郁了。

十余年来，老人干上送葬的行列，用《骊歌》为永眠的人铺一条通往未知的道路，他用的是同一把伸缩喇叭，喇叭凹了、锈了，而在喇叭的凹锈中，不知道有多少生命被吹送了出去。老人诉说着不同的种种送葬仪式，他说到在案披麻衣的人群里每个人竟会有完全不同的情绪时，不觉笑了："人到底免不了一死，喇叭一响，英雄豪杰都一样。"

我告诉老人，在我们乡下，送葬的喇叭手人称"罗汗脚"，他们时常蹲聚在榕树下磕牙，等待人死的讯息，老人点点头："能抓住罗汗的脚也不错。"然后老人感喟地认为在中国，送葬是一式一样的，大部分人一辈子没有听过音乐演奏，一直到死时才赢得一生努力的荣光，听一场音乐会。"有一天我也会死，我可是听多了。"

借着几分酒意，我和老人谈起他飘零的过去。

老人出生在山东的一个小县城里，家里有一片望不到边的大豆田，他年幼的时代便在大豆田中放风筝，捉田鼠，看春风吹来时，田边奔放出嫩油油的黄色小野花，天永远蓝得透明，风雪来时，他们围在温暖的小火炉边取暖，听着戴毡帽的老祖父一遍又一遍说着永无休止的故事。他的童年里有故事、有风声、有雪色、有贴在门楣上等待新年的红纸，有数不完的在三合屋围成的庭院中追逐不尽的笑语……

“二十四岁那年，俺在田里工作回家，一部军用卡车停在路边，两个中年汉子把我抓到车上，连锄头都来不及放下，俺害怕地哭着，车子往不知名的路上开走……他奶奶的！”老人在车的小窗中看他的故乡远去，远远地去了，那部车丢下他的童年，他的大豆田，还有他老祖父终于休止的故事。他的眼泪落在车板上，四周的人漠然地看着他，一直到他的眼泪流干；下了车，竟是一片大漠黄沙不复记忆。

他辗转地到了海岛，天仍是蓝的，稻子从绿油油的茎中吐出他故乡嫩黄野花的金黄，他穿上戎装，荷枪东奔西走，找不到落脚的地方，“俺是想着故乡的啦！”渐渐地，连故乡都不敢想了，有时梦里活蹦乱跳地跳出故乡，他正在房间里要掀开新娘的盖头，锣声响鼓声闹，“俺以为这一回一定是真的，睁开眼睛还是假的，常常流一身冷汗。”

老人的故乡在酒杯里转来转去，他端起杯来一口饮尽一杯高粱酒。三十年过去了，“俺的儿子说不定娶媳妇了。”老人走的时候，他的妻正怀着六个月的身孕，烧好晚餐倚在门上等待他回家，他连一声再见都来不及对她说。老人酗酒的习惯便是在想念他的妻到不能自拔的时候弄成的。三十年的戎马真是倥偬，故乡在枪眼中成为一个名词，那个名词简单，简单到没有任何一本书能说完，老人的书才掀开一页，一转身，书不见了，到处都是烽烟，泪眼苍茫。

当我告诉老人，我们是同乡时，他几乎泼翻凑在口上的酒汁，几乎是发疯一般地抓紧我的手，问到故乡的种种情状，“我连大豆田都没有看过。”老人松开手，长叹一声，因为醉酒，眼都红了。

“故乡真不是好东西，发愁不是好东西。”我说。

退伍的时候，老人想要找一个工作，他识不得字，只好到处打零工，有一个朋友告诉他，“去吹喇叭吧，很轻松，每天都有人死。”他于是每天拿着喇叭在乐队装着个样子，装着，装着，竟也会吹起一些离别伤愁的曲子。在连续不断的《骊歌》里，老人颤音的乡愁反而被消磨殆尽了。每天陪不同的人走进墓地，究竟是什么样的一种滋味呢？老人说是酒的滋味，醉酒吐了一地的滋味，我不敢想。

我们都有些醉了，老人一路上吹着他的喇叭回家，那是凌晨三点至静的台北，偶尔有一辆疾驶的汽车呼呼驰过，老人吹奏的《骊歌》变得特别悠长凄楚，喇叭哇哇的长音在空中流荡，流向一些不知道的虚空，声音在这时是多么无力，很快地被四面八方的夜风吹散，总有一丝要流到故乡去的吧！我想着。向老人借过伸缩喇叭，我也学他高高把头仰起，喇叭说出一首年轻人正在流行的曲子：

我们隔着迢遥的山河
去看望祖国的土地
你用你的足迹
我用我游子的乡愁
你对我说
古老的中国没有乡愁
乡愁是给不回家的人
少年的中国也没有乡愁
乡愁是给不回家的人

老人非常喜欢那首曲子，然后他便在我们步行回他万华住处的路上用心地学着曲子，他的音对了，可是不是吹得太急，就是吹得太缓。我一句句对他解释了那首歌，那歌，竟好像是为我和老人写的，他听得出神，使我分不清他的足迹和我的乡愁。老人专注地不断地吹这首曲子，一次比一次温柔，充满感情，他的腮鼓动着，像一只老鸟在巢中无助地鼓动翅翼，声调却正像一首《骊歌》，等他停的时候，眼里赫然都是泪水，他说："用力太猛了，太猛了。"然后靠在我的肩上呜呜地哭起来。我耳边却在老人的哭声中听到大豆田上呼呼的风声。

我也忘记我们后来怎么走到老人的家门口，他站直立正，万分慎重地对我说："我再吹一次这首歌，你唱，唱完了，我们就回家。"

唱到"古老的中国没有乡愁，乡愁是给没有家的人，少年的中国也没有乡愁，乡愁是给不回家的人"的时候，我的声音喑哑了，再也唱不下去，我们站在老人的家门口，竟是没有家一样地唱着《骊歌》，愈唱愈遥远。我们是真的喝醉了，醉到连想故乡都要掉泪。

老人的心中永远记得他掀开盖头的新娘的面容，而那新娘已是个鬓发飞霜的老太婆了，时光在一次一次的《骊歌》中走去，冷然无情地走去。

告别老人，我无助软弱地步行回家，我的酒这时全醒了，脑中充塞着中国近代史一页沧桑的伤口，老人是那个伤口凝结成的疤，像吃剩的葡萄藤，五颜六色无助地掉落在万华的一条巷子里，他永远也说不清大豆和历史的关系，他永远也不知道老祖父的《骊歌》是哪一个乐团吹奏的。

故乡真的远了，故乡真的远了吗？

我一直在夜里走到天亮，看到一轮金光乱射的太阳从两幢大楼的夹缝中向天空蹦跃出来，有另一群老人穿着雪白的运动衫在路的一边做早操，到处是人从黎明起开始蠕动的姿势，到处是人们开门拉窗的声音，阳光从每一个窗子射进。

不知道为什么，我老是惦记着老人和他的喇叭，分手以后我再也没有见过他。每次在凌晨的夜里步行，老人的脸与泪便毫不留情地占据我。最坏的是，我醉酒的时候，总要唱起："我们隔着迢遥的山河，去看望祖国的土地，你用你的足迹，我用我游子的乡愁，你对我说，古老的中国没有乡愁，乡愁是给没有家的人。"然后我知道，可能这一生再也看不到老人了。但是他被卡车载走以后的一段历史却成为我生命的刺青，一针一针地刺出我的血珠来。他的生命是伸缩喇叭凹凹扭扭的最后一个长音。

在冬夜寒凉的街心，我遇见一位喇叭手，春天来了，他还是站在那个寒冷的街心，孤零零地站着，没有形状，却充塞了整条街。

木鱼馄饨

深夜到临沂街去访友，偶然在巷子里遇见多年前旧识的卖馄饨的老人，他开朗依旧，风趣依旧，虽然抵不过岁月风霜而有一点佝偻了。

四年多以前，我客居在临沂街，夜里时常工作到很晚，每天凌晨一点半左右，一阵清越的木鱼声，总是响进我临街的窗口。那木鱼的声音非常准时，天天都在凌晨的时候敲响，即使在风雨来时也不间断。

刚开始的时候，木鱼声带给我一种神秘的感觉，往往令我停止工作，出神地望着窗外的长空，心里不断地想着：这深夜的木鱼声，到底是谁敲起的？它又象征了什么意义？难道有人每天凌晨一点在我住处附近念经吗？

在民间，过去曾有敲木鱼为人报晓的僧侣，每日黎明将晓，他们就穿着袈裟草鞋，在街巷里穿梭，手里端着木鱼嘀嘀笃笃地敲出低量雄长的声音，一来叫人省睡，珍惜光阴；二来叫人在心神最为清明的五更起来读经念佛，以求精神的净化；三来僧侣借木鱼报晓来布施化缘，得些斋衬钱。我一直觉得这种敲木鱼报佛音的事情，是中国佛教与民间生活相契一种极好的佐证。

但是，我对于这种失传于闾巷很久的传统，却出现在台北的临沂街感到迷惑。因而每当夜里在小楼上听到木鱼敲响，我都按捺不住去一探究竟的冲动。

冬季里有一天，天空中落着无力的飘洒的小雨，我正读着一册印刷极为精美的《金刚经》，读到最后“一切有为法，如梦幻泡影，如露亦如电，应作如是观”一段，木鱼声恰好从远处的巷口传来，格外使人觉得昊天无极，我披衣坐起，撑着一把伞，决心去找木鱼声音的来处。

那木鱼敲得十分沉重着力，从满天的雨丝里穿扬开来，它敲敲停停，忽远忽近，完全不像是寺庙里读经时急落的木鱼。我追踪着声音的轨迹，匆匆地穿过巷子，远远地，看到一个披着宽大布衣，戴着毡帽的小老头子，他推着一辆老旧的摊车，正摇摇摆摆地从巷子那一头走来。摊车上挂着一盏四十瓦的灯泡，随着道路的颠簸，在微雨的暗道里飘摇。一直迷惑我的木鱼声，就是那位老头儿所敲出来的。

一走近，才知道那只不过是一个寻常卖馄饨的摊子，我问老人为什么选择了木鱼的敲奏，他的回答竟是十分简单，他说：“喜欢吃我的馄饨的老顾客，一听到我的木鱼声，他们就会跑出来买馄饨了。”我不禁哑然，原来木鱼在他，就像乡下卖豆花的人摇动的铃铛，或者是卖冰水的小贩手中吸引小孩的喇叭，只是一种再也简单不过的信号。

是我自己把木鱼联想得太远了，其实它有时候仅仅是一种劳苦生活的工具。

老人也看出了我的失望，他说：“先生，你吃一碗我的馄饨吧，完全是用精肉做成的，不加一点葱菜，连大饭店的厨师都爱吃我的馄饨呢。”我于是丢弃了自己对木鱼的魔障，撑着伞，站立在一座红门前，就着老人摊子上的小灯，吃了一碗馄饨。在风雨中，我品出了老人的馄饨，确是人间的美味，不下于他手中敲的木鱼。

后来，我也慢慢成为老人忠实的顾客，每天工作到凌晨的段落，远远听到他的木鱼，就在巷口里候他，吃完一碗馄饨，才开始继续我一天未完的工作。

和老人熟了以后，才知道他选择木鱼作为馄饨的信号有他独特的匠心。他说因为他的生意在深夜，实在想不出一种可以让远近都听闻而不致吵醒熟睡人们的工具，而且深夜里像卖粽子的人大声叫嚷，是他觉得有失尊严而有所不为的，最后他选择了木鱼——让清醒者可以听到他的叫唤，却不至于中断了熟睡者的美梦。

木鱼总是木鱼，不管从什么角度来看它，它仍旧有它的可爱处，即使用在一个馄饨摊子上。

我吃老人的馄饨吃了一年多，直到后来迁居，才失去联系，但每当在静夜里工作，我仍时常怀念着他和他的馄饨。

老人是我们社会角落里一个平凡的人，他在临沂街一带卖了三十年馄饨，已经成为那一带夜生活里尽人皆知的人，他固然对自己亲手烹调后小心翼翼装在铁盒的馄饨很有信心，他用木鱼声传递的馄饨也成为那一带的金字招牌。木鱼在他，在吃馄饨的人说来，都是生活里的一部分。

那一天遇到老人，他还是一袭布衣，还是敲着那个敲了三十年的木鱼，可是老人已经完全忘记我了。我想，岁月在他只是云淡风轻的一串声音吧。我站在巷口，看他缓缓推走小小的摊车消失在巷子的转角，一直到很远了，我还可以听见木鱼声从黑夜的空中穿过，温暖着迟睡者的心灵。

木鱼在馄饨摊子里真是美，充满了生活的美，我离开的时候这样想着，有时读不读经都是无关紧要的事。

一杯蜜是炼过几只蜂的

住处附近有一家卖野蜂蜜的小店，夏日里，我常常到那里饮蜜茶。我常觉得，在炎炎夏日喝一杯冰镇蜜茶，沁人心脾，是人生一乐。

今年我路过小店，冬蜜已经上市，喝了一杯蜜茶，付钱的时候才知道价格涨了一倍有余。

我说："怎么这样贵？比去年涨了一倍。"

照顾店面的是个眉目清秀的小女孩，讲得一口流利的普通话，马上应答道："不贵，不贵，一杯蜜是炼过几只蜂的。"

这句话令我大惑不解，惊问其故。

小女生说："蜜蜂酿一滴蜜，要飞很远的地方，要探过很多花，有时候摘蜜，要飞遍一整座山头哩！还有，飞得那么远，说不定会迷路，说不定给小孩子捉了，说不定飞得疲倦累死了。"

听了这一番话，我欣然付钱，离开小店。

走回家的路上，我一直想着那位可爱的小女孩说的话，一任想象力奔飞。

也许真是这样的，一杯在我们手中看起来不怎么样的蜜茶，是许多蜜蜂历经千辛万苦才采集得来的，我们一口饮进一杯蜜茶，正如饮下了几只蜜蜂的精魂。蜜蜂是一种奇怪的动物，飞来飞去，历遍整座山头、整个草原，收集花的精华，一丝一丝酝酿，很可能一只蜜蜂的一生只能酿成一杯我们一口喝完的蜜茶吧。

几年前，我住在高雄县大岗山的佛寺里读书。山下就有许多养蜂的人家，我不时寻访，对蜜蜂这种微小精致的动物有了一点认识。养蜂的人经常上山采集蜂巢，他们在蜂巢中找到体形较大的蜂王，把它装在竹筒中，一霎时，一巢“嗡嗡嗡”的蜜蜂都变得温驯听话了，跟在手执蜂王的养蜂人后面飞，一直飞到蜂箱里安居。

蜜蜂的这种行为是让人吃惊的。对于蜂王，它们是如此专情，在一旁护卫。假若蜂王死了，它们就会一哄而散，连养蜂人都不得不佩服蜜蜂。但是养蜂人却利用了蜜蜂专情的弱点，驱使它们一生奔走去采花蜜——专情的人恐怕也有这样的弱点，任人驱使而不自知。

不过蜜蜂也不是绝对温驯的，外敌来犯，它们会群起而攻，毫不留情。问题是，每一只蜜蜂的腹里只有一根螫刺，那是它们生命的根本，一旦动用那根螫刺攻击了敌人，它们的生命很快也就完结了。用不用螫刺在蜜蜂是没有选择的，它明知会死，也要攻击——有时，人也要面临这样的局面，选择生命而畏缩的人往往失败，宁螫而死的往往成功，因为人是有许多螫刺的。

养蜂的人告诉我，蜜蜂有时也是有侵略性的。当所有的花蜜都采光的时候，急需蜂蜜来哺育的蜜蜂就会倾巢而出，到别的蜂巢去抢蜜，这时就会发生一场激烈的战斗，直到尸横遍野才分出胜负。

人何尝不是如此?

仓廪实才知荣辱，衣食足才知礼仪。

为了应付无蜜的状况，养蜂人只好欺骗蜜蜂，用糖水来养蜜蜂，让他们吃了糖水来酿蜜，用来供应爱吃蜜的人们。再精明的蜜蜂都会上当，就像再聪明的人也会上当一样。

蜜蜂是社会性的群居动物，在某些德行上和人是很接近的，但是不管如何，蜜蜂是可爱的，它们为了寻找花中甘液，万苦不辞，确实有一些艺术的境界。在汲汲营营的世界里，究竟有多少人能为了追求甘美的人生理想而永不放弃呢？

旧时读过一则传说，其中有些精神与蜜蜂相似，那是记载在《辍耕录》里的传说：“有年七八十老人，自愿舍身济众，绝不饮食。惟澡身啖蜜经月，便溺皆蜜。既死，国人殓以石棺，乃满用蜜浸之，镌年月于棺盖之。俟百年后启封，则成蜜剂。遇人折伤肢体，服少许，立愈。虽彼中也不多得。俗曰蜜人。”

这个蜜人的传说不一定可信，但是一个人的牺牲在百年之后还能济助众人，可贵的不在他的尸体化成一帖蜜剂，而在他的精神借着蜜流传了下来。

蜜蜂虽不澡身，但是它每天啖蜜，让人们在夏季还能享受甘凉香醇的蜜茶。在啖蜜的过程中，有许多蜜蜂要死去，未死的蜜蜂也要经过许多生命的熬炼，熬呀熬，才炼出一杯蜜茶。光是这样想，就够浪漫了，够令人心动了。

在实际人生中也是如此。

生命的过程原是平淡无奇的，情感的追寻则是波涛万险的，如何在平淡无奇、波涛万险中酿出一滴滴的花蜜，这花蜜还能让人分享，还能流传，才算不枉此生。虽然炼蜜的过程一定是痛苦的，一定要飞过高山平野，一定要在好大的花中摘好少的蜜，或许会疲累，或许会死亡。

可是痛苦算什么呢？每一杯蜜都是炼过几只蜂的。

清风匝地，有声

在日本神户港，我们把汽车开进“英鹤丸”渡轮的舱底，然后登上最顶层的甲板看濑户内海。

这一次，我从神户坐渡轮要到四国，因为听说四国有优美而绵长的海岸线，还有几处国家公园。四国，是日本四大岛中最小的一岛，并且偏处南方，所以是外籍观光客较少去的地方，尤其是九月以后，天气寒凉，枫叶未红，游人就更少了。

从前，要到四国一定要乘渡轮，自从几条横跨濑户内海的长桥建成以后，坐渡轮的人就少了。有很多人到四国去不是去看海、看风景的，只是为了去过桥，像“鸣门大桥”是颇有历史的，而新近落成的“濑户大桥”则是宏伟气派，长达十公里，听说所用的钢筋围起来可以绕地球一圈半了，许多人四国来回，只为了看濑户大桥粗大的水泥与钢筋。对我而言，要过海，坐渡轮总是更有情味，人生里如果可以选择从容的心情，为什么不让自己从容一点呢？

“英鹤丸”里出乎想象的冷清，零落的游客横躺在长椅上睡觉，我在贩卖部买了一杯热咖啡，一边喝咖啡，一边依在白色的栏杆上看濑户内海，濑户内海果然与预想中的一样美，海水澄蓝如碧，天空秋高无云，围绕着内海的青山，全是透明的绿，这海山与天空的一尘无染，就好像日本传统的茶室，从瓶花到桌椅摸不出一丝尘埃。

在我眼前的就是濑户内海了，我轻轻地叹息着。

我这一次到日本来，希望好好看看濑户内海是重要的行程，原因说来可笑，是因为在日本的书籍里读到一则中国禅师与日本禅师的故事。

故事大意是这样的：有一位中国禅师到日本拜访了一位日本禅师，两人一起乘船到濑户内海，那位日本禅师是曾到过中国学禅，亲炙过中国的山水的。

在船上，日本禅师说："你看，这日本的海水是多么清澈，山景是多么翠绿！看到如此清明的山水，使人想起山里长在清水里那美丽的山葵花呀！"言下为日本的山水感到自负的意味。

中国禅师笑了，说："日本海的水果然清澈，山景也美。可惜，这水如果再混浊一点就更好了。"日本禅师听了非常惊异，说："为什么呢？""水如果混浊一点，山就显得更美了。像这么清澈的水只能长出山葵花，如果混浊一点，就能长出最美丽的白莲花了。"中国禅师平静地说。

日本禅师为之哑口无言。

这是禅师与禅师间机锋的对句，显然是中国禅师占了上风，但我在日本书上看到过这则故事，却令我沉思了很久，颇能看见日本人谦抑的态度，也恐怕是这种态度，才使千百年来，濑户内海都能保持干净，不曾受到污染。反过来说，中国人因为自许污水里能开出莲花，所以恣情纵意，把水弄脏了，也毫不在意。

不仅濑户内海吧！我童年时代，家乡有几家茶室，都是色情污秽之地，空间窄小，灯光黯淡，空气里飘浮着酸气、腐臭与霉味，地上都是痰渍。因为我有一位要好的同学是茶室老板的儿子，不免常常要出入，每次我都捂着鼻子走进去，走出来时第一件事则是深呼吸，当时颇为成年男子可以在那么浊劣的地方盘桓终日而疑惑不已，当然也更同情那些卖笑的"茶店仔查某"了。

有一次，同学的父亲告诉我，茶室原是由日本传来，从前台湾是没有茶室的。我听了就把乡下茶室的印象当成是日本人印象，心想日本民族真怪，怎么喜欢在下流的茶室不喝茶，却饮酒作乐呢？直到第一次去日本，又到几家传统茶室喝茶，简直把我吓坏了，因为日本茶室都是窗明几净、风格明亮，连园子里的花草都长在它应该长的地方，别说是色情了，人走进那么干净的茶室，几乎一丝不净的念头都不会生起，口里更不敢说一句粗俗的话，唯恐染污了茶盘。怪不得日本茶道史上，所有伟大的茶师都是禅师！

同样是"茶室"，在日本与中国台湾却有截然不同的风貌，对照了日本禅师与中国禅师的故事就益发令人感慨了，由小见大，山水其实就是人心，要了解一个地方人的性格，只要看那地方的山水也就了然了。山且不论，看看台湾的水，从小溪、大河，到湖泊、沿海，无不是鱼虾死灭、垃圾漂流、污油朵朵、浮尸片片，我每次走过我们土地上的水域，就在里面看到了人心的污渍，在这样脏的水中想开出一朵白莲花，简直不可思议，需要多么大的勇气！多么大的坚持！多么大的自我清净的力量！

我坐在濑户内海上的渡轮，看到船后一长条纯白的波浪时，就仿佛回到了中国禅师与日本禅师在船上的对话的场景与心情，在污泥秽地中坚持自我品质的高洁是禅者的风格，可是要怎么样使污秽转成清明则是菩萨的胸怀，要拯救台湾的山水，一定要先从台湾的人心救起，要知道，长出莲花的地方虽然污秽，水却是很干净的。

记得从前我当记者的时候，曾为了一个噪声与污染事件去访问一家工厂的负责人，他的工厂被民众包围，压迫停工，他却因坚持而与民工对峙。他闭起眼睛，十分陶醉地对我说："你听听，这工厂机器的转动声，我听起来就像音乐那么美妙，为什么他们不能忍受呢？"我听到他的话忍不住笑起来，他用一种很怀疑的眼神看我，眼神里好像在说："连你也不能欣赏这种音乐吗？”那个眼神到现在我都还记得。

确实如此，在守财奴的眼中，钞票乃是人间最美丽的绘画呢！

听过了肆无忌惮的商人的音乐，我们再回到日本的茶室，日本茶道的鼻祖绍鸥曾经说过一句动人的话：“放茶具的手，要有和爱人分离的心情。”这种心情在茶道里叫作“残心”，就是在行为上绵绵密密，即使简单如放茶具的动作，也要轻巧、有深沉的心思与情感，才算是个懂茶的人。

反过来说，一个人和爱人分离的心情，若能有如放下名贵茶具的手那么细心，把诀别的痛苦化为祝福的愿望，心中没有丝毫憎恨，留存的只有珍惜与关怀，才是懂得爱情的人。此所以茶道不昧流的鼻祖出云松江说：“红叶落下时，会浮在水面；那不落的，反而沉入江底了。”

境界高的茶师，并不在他能品味好茶，而在他对待喝茶这整个动作的态度，即使喝的只是普通的粗茶，他也能找到其中的情趣。

境界高的人生亦如是，并不在于永远有顺境，而是不论顺逆，也能用很好的情味去面对，这就是禅师说的“在途中也不离家舍”“不风流处也风流”。因此，我们要评断一个人格调与韵致的高低，要看他失败时的“残心”。有两句禅诗：“掬水月在手，弄花香满衣”，最能表达这种残心，每一片有水的叶子都有月亮的映照，同样，人生的每个行为、每个动作都是人格的展现。没有经过残心的升华，一个人就无法有温柔的心，当然，也难以体会和爱人分离的心情是多么澄清、细密、优美，一如秋深落叶的空山了。

从前有一个和尚到农家去诵经，诵经的中途听到了小孩的哭声，转头一看，原来孩子爬在地上压到了一把饭铲子，地上很肮脏，孩子的母亲就把他抱起来，顺手把饭铲子放进热腾腾的饭上，洗也不洗。

于是，当孩子的母亲来请吃饭时，和尚假称肚子痛，连饭也没吃，就匆匆赶回寺里。过了一星期，和尚又去这农家诵经，诵完经，那母亲端出了一碗热腾腾的甜酒酿，由于天气严寒，和尚一连喝了好几碗，不仅觉得美味，心情也十分高兴。

等吃完了甜酒酿，孩子的母亲出来说："上一次真不好意思，您连饭都没吃就回去了，剩下很多的饭，只好用剩饭做成一些甜酒酿，今天看到您吃了很多，我实在感到无比的安慰。"

和尚听了大有感触，为逃避肮脏的饭铲子，没想到反而吃了七天前的剩饭做成的甜酒酿，因而悟到了"一饮一啄，莫非前定"。我们面对人生里应该承受的事物不也是如此吗？在饭铲中泡过的脏饭与甜酒，表面不同，本质却是一样的。所以，欢喜的心最重要，有欢喜心，则春天时能享受花红草绿，冬天时能欣赏冰雪风霜，晴天时爱晴，雨天时爱雨。

好像一条清澈的溪流，流过了草木清华，也流过石畔落叶，它欢跃如瀑布时，不会被拘束，它平缓如湖泊时，也不会被局限，这就是《金刚经》里最动人心弦的一句"应无所住，而生其心"。

我眼前的濑户内海也是如此，我体验了它明朗的山水，知道濑户内海不只是日本人的海，而是眼前的海，是大地之海，超越了名字与国籍。海上吹来的风，呼呼有声，在台湾林野里的清风亦如是遍满大地，有南国的温暖及北地的凉意，匝地，有声。

晋朝有名的女僧妙音法师，写过一首诗：

长风拂秋月，
止水共高洁。
八到净如如，
何容业萦结？

“八到”是指风从东、南、西、北、东南、东北、西南、西北一起到，分不出是从哪里到的，静听、感受清风的吹拂，其中有着禅的对语。在步出“英鹤丸”的时候，我看见了长在清水里的山葵花是美丽的，长在污泥里的白莲花也是美丽的。与爱人相会的心情是美丽的，与爱人分离的心情也是美丽的。

只因为我的心是美丽的，如清风一样，匝地，有声。

第二辑

心无所恃，随遇而安

人心必须珍藏某种信念，
必须握住某种梦想与希望，
必须有彩虹，必须有歌可唱，
必须有高贵的事务可以投身。

——杜威

送你一勺西湖水

人心必须珍藏某种信念，
必须握住某种梦想与希望，
必须有彩虹，必须有歌可唱，
必须有高贵的事务可以投身。
——杜威

去杭州的旅途中，有一位温婉细致的少女送了我一个装满水土的瓶子，还附了一封信。

我忙完了在杭州的演讲后，回到旅店，仔细地读这封信，忍不住使我的眼睛湿润起来：

得知先生是第一次来大陆，真是好感动、好感动，想哭。不知道先生有没有回到家的感觉？记得先生在书中写到过，每次离家远行，母亲总要您带上一个小瓶子，装着家乡水土的小瓶子。

那一瞬间，我突然有一个很美好的愿望——希望林先生离开大陆回台湾时带上一瓶祖国的水土。

我送先生的瓶子里，装的是西湖的水和白堤、苏堤的沙石。

我今天起了一个大清早，骑车到白堤和苏堤取了些泥土，又在西湖里打了瓶水。回来的路上，雨下得挺大，汗水、雨水，还有泪水一起顺着脸颊淌下来。那是一种兴奋和幸福的泪啊！终于把先生给盼来了！只是，先生为我们做了那么多，而我为先生做的只能是这么一点了。

白堤和苏堤是白居易和苏东坡在杭州任职时，为便利百姓而修建的，而先生您此次来杭，则给杭州乃至整个大陆的人们带来了心灵的甘露。从这种意义上说，你们是一样的。

送白堤、苏堤的土，就出于这样一种感激的心情，希望这个小小的瓶子能保佑先生旅途顺利、身体健康。

我把那装满水土的瓶子打开，闻到一阵水草的芬芳，看着瓶子上的两行小字："心里总是不忘对你真诚的祝福，就像夜夜不忘升起的星星。"我的内心洋溢着满满的感动，想到这是我一次到大陆，第一站是在杭州，就有人送给我如此珍贵的、无价的礼物。这礼物是出自一个纯美温柔的心灵，以及天真浪漫的情怀。

将西湖的水土细心地收进我的行李箱中，我想我将会带回台北，放在书案上，在写作读书的时候，我就会怀想在西湖边散步、在西湖上泛舟以及在西湖茶馆饮龙井的日子。当然我也会想念起在杭州认识的许多朋友，我们虽迢遥千里，却能飞越时空，以心灵相会。

想起从台北出发到大陆之前，一些经常往返的朋友对我说起："大陆的青年朋友非常纯朴，但是非常木讷，不善于表达感情。"

走过几个城市之后，才发现完全不是如此，大陆的青年朋友不但十分热情，而且也勇于把心内的情感表达出来。他们在听演讲时掌声特别热烈、笑声格外响亮；他们在向我倾诉时态度诚挚、眼神分外动人，甚至有一位年轻朋友清晨五点钟到山上摘了两束野花，插在我客居旅店的窗前……

他们的热情就像熊熊的烈火，每天都让我处在感动之中。

我一向认为，一个人如果心中充满了爱，却不懂得如何表达，那不仅自己活在痛苦中，对别人而言，也等于是没有爱一样。所以，内心的情感和外在的表达同等重要。

再深一层地说，如果一个人内心的爱还不够充满，但只要有一点的关怀、一点的善意、一点的温柔，试着把那一点表达出来，久而久之，内心的情感也会因为清晰而深刻，因深刻而充沛了。

爱的表达并不一定需要物质，例如情人节一定要买玫瑰花；爱的表达也不必要昂贵的礼物，例如送黄金钻戒；爱的表达更不必要落于形式，例如上黄山锁上连心锁。

因为，落于形式的，就会轻忽内容。

因为，落于物质的，就会少了灵气。

因为，凡是昂贵的礼物都有价格，而真正的爱是无价的。

懂得表达爱的人，一声赞美、一个微笑、一束野花、一勺西湖水，都是无价之宝，其中都饱满了珍贵的心、淳美的情感。

懂得表达爱的人，不仅懂得付出，也会懂得宽容；不仅懂得温柔，也会懂得坚持；不仅懂得珍惜，也会懂得无私……更重要的是，懂得表达爱的人，仿佛每天的内心都经过洗涤，变得清澈纯净，久而久之，恨也就无影无踪了。

从青年时代，我就期许自己成为懂得爱，并懂得表达爱的人，我的文章也正是在为自己的情感寻找出路，并且在寻找万里外知音的人。这就像雨中打来的西湖水，有着无价的心意。

这次到大陆，在许多大学演讲，我总是反复强调感觉的深刻、体会的重要，以及美与爱的追寻和表达。在遇到许多深深感动我的年轻朋友时，我总觉得我们不需要言语，只需要微笑，还有真诚的注视。

我多么希望把浙江大学医学系的盛雯雯送我的西湖水，分送给我遇到的每一位青年朋友，希望大家都能把爱表达出来。那是因为生命无常，我们能在偶然的时空中心灵交会，那种喜悦，一生又会有几次呢?

此刻，我住在黄山下的旅店，从窗子望出去，可以看到满天升起的星星，繁星是夜的眼睛，正注视着屯溪这个小城。想到在我幼年的时候，总觉得逝去的日子并未真正消失，而是一颗一颗升上天空，化为星辰，并照亮着未来的路。

童年的祝愿虽然天真,却是诚挚的。生而为人,心灵犹如暗夜的天空，从前我们在人间生起的爱有如星星点灯，使我们的心空温柔而明亮，繁华而有致。

我们点燃过许多星星，我们还可以点亮无数的星星，虽然人世寂寥暗淡，我们也可以互相照亮。

生命是一个一个的旅店，送你一勺西湖水呀！愿你旅途顺利，平安无恙。

黄玫瑰的心

为了这绝望的爱情，我已经过了很长时间沮丧、疲倦，像行尸走肉的日子。

昨夜，从矿坑灾变采访回来，因疼惜生命的脆弱与无助，坐在眠床上不能入睡，清晨，当第一道阳光照入，我决心为那已经奄奄一息的爱情做最后的努力，我想，第一件该做的事是到我常去的花店买一束玫瑰花，要鹅黄色的，因为我的女朋友最喜欢黄色的玫瑰。

剃好胡子，勉强拍拍自己的胸膛说："振作起来！"想起昨天在矿坑灾变后那些沉默哀伤但坚强的面孔，就出门了。

往市场的花店前去，想到在一起五年的女朋友，竟为了一个其貌不扬，既没有情趣又没有才气的人而离开，而我又为这样的女人去买玫瑰花，既心痛又心碎；生气，又悲哀得想流泪。

到了花店，一桶桶美艳的、生气昂扬的花正迎着朝阳，开放。

找了半天，才找到放黄玫瑰的桶子，只剩下九朵，每一朵都垂头丧气，"真衰！人在倒霉的时候，想买的花都垂头丧气的。"我在心里咒骂。

"老板！"我粗声地问，"还有没有黄玫瑰？"

老先生从屋里走出来，和气地说："没有了，只剩下你看见的那几朵啦。"

"这黄玫瑰每一朵的头都垂下来了，我怎么买？"

“哦，这个容易，你去市场里逛逛，半个小时后回来，我包给你一束新鲜的、有精神的黄玫瑰。”老板赔着笑，很有信心地说。

“好吧！”我心里虽然不信，但想到说不定他要向别的花店去调，也就转进市场去逛了。心情沮丧时看见的市场简直是尸横遍野，那些被分解的动物尸体，使我更深刻地感受到这是一个悲苦的世界，小贩刀俎的声音，使我的心更烦乱。

好不容易在市场里熬了半个小时，再转回花店时，老板已把一束元气淋漓的黄玫瑰用紫色的丝带包好了，放在玻璃柜上。

我不敢相信自己的眼睛，我说：“这就是刚刚那一些黄玫瑰吗？”——它们垂头丧气的样子还映在我的眼前！

“是呀！就是刚刚那些黄玫瑰。”老板还是笑嘻嘻地说。

“你是怎么做到的，刚刚明明已经谢了呀！”我听到自己发出惊奇的声音。

花店老板说：“这非常的简单，刚刚这些玫瑰不是凋谢，只是缺水，我把它整株泡在水里，才二十分钟，它们全又挺起胸膛了。”

“缺水？你不是把它插在水桶里吗？怎么可能缺水呢？”

“少年仔，玫瑰花整株都要水呀！泡在水桶是它的根茎，它喝到的水就好像人吃饭一样。但是人不能光吃饭，人要用脑筋、有思想、有智慧，才能活得抬头挺胸。玫瑰花的花朵也需要水，在田野里，它们有雨水露水，但是剪下来就很少人注意了，很少人再给花的头浇水，一旦它的头垂下来，整株泡在水里，很快就恢复精神了。”

我听了非常感动，怔在当场：呀！原来人要活得抬头挺胸，需要更多的智慧，要常把干枯的头脑泡在冷静的智慧之水里。

当我告辞的时候，老板拍拍我的肩膀说：“少年仔！振作咧！”这句话差点使我流泪走回家，原来他早就看清我是一朵即将枯萎的黄玫瑰。

回到家，我放了一缸水，把自己整个人埋在水里，体会着一朵黄玫瑰的心，起来后通身舒泰，决定不把那束玫瑰送给离去的女友。

那一束黄玫瑰每天都会被我整株泡一下水，一星期以后才凋落花瓣，凋谢时是抬头挺胸凋谢的。

这是十几年前，我写在笔记上的一件真实的事，从那一次以后，我就知道了一些买回来的花朵垂头丧气的秘密。最近找到这一段笔记，感触和当时一样深，更确实地体会到，人只要有细腻的心去体会万象万法，到处都有启发的智慧。

一朵花里，就能看到宇宙的庄严，看到美，以及不屈服的意志。

有一位花贩告诉我，几乎是所有的白花都很香，越是颜色艳丽的花越是缺乏芬芳，他的结论是："人也是一样，越朴素单纯的人，越有内在的芳香。"

有一位花贩告诉我，夜来香其实白天也很香，但是很少人闻得到，他的结论是："因为白天人的心太浮了，闻不到夜来香的香气，如果一个人白天的心也很沉静，就会发现夜来香、桂花、七里香，连酷热的中午也是香的。"

有一位花贩告诉我，清晨买莲花一定要挑那些盛开的，结论是："早上是莲花开放最好的时间，如果一朵莲花早上不开，可能中午和晚上都不会开了。我们看人也是一样，一个人在年轻的时候没有志气，中年或晚年是很难有志气的。"

有一位花贩告诉我，越是昂贵的花越容易凋谢，那是为了要向买花的人说明："要珍惜青春呀！因为青春是最名贵的花！"

有一位花贩告诉我……

让我们来体会这有情世界的一切展现吧，当我们有大觉的心，甚至体贴一朵黄玫瑰，以心印心，心心相印，我们就会知道，原来在最近最平凡的一切里，就有最深最奇绝的睿智呀！

光之四书

光　之　色

当塞尚把苹果画成蓝色以后，大家对颜色突然开始有了奇异的视野，更不要说马蒂斯蓝色的向日葵，毕加索鲜红色的人体，夏加尔绿色的脸了。

艺术家们都在追求绝对的真实，其实这种绝对往往不是一种常态。

我是真正见过蓝色苹果的人。有一次去参加朋友的舞会，舞会不免有些水果点心。我发现就在我坐的位子旁边，一个摆设得精美的果盘中间有几只梨山的青苹果，苹果之上有一个彩纸包扎的蓝灯，一束光正好打在苹果上，那苹果的蓝色正是塞尚画布上的色泽。那种感动竟使我微微颤抖起来，想到诗人里尔克称赞塞尚的画："是法国式的雅致与德国式的热情之平衡。"

设若有一个人，他从来没有见过苹果，那一刻，我指着苹果说：苹果是蓝色的。他必然要深信不疑。

然后，灯光变了，是一支快速度的舞曲。七彩的光在屋内旋转，打在果盘上，所有的水果顿时成为七彩的斑点流动。我抬头看到舞会上的男女，每个人脸上的肤色隐去，都是霓虹灯一样，只是一些活动的碎点，像极了秀拉用的细点描绘。此刻，我不仅理解了马蒂斯、毕加索、夏加尔种种，甚至看见了除去阳光以外的真实。

在阳光下，所有的事物自有它的颜色；当阳光隐去，在黑暗里事物全失去了颜色。设若我们换了灯，同样是灯，灯泡与日光灯会使色泽不同；即使同是灯泡，“白炽”与“荧光”相去甚巨，不要说是一支蜡烛了。我们时常说在黑夜的月光与烛光下就有了气氛，那是我们多出一种想象的空间，少去了逼人的现实。即使在阳光艳照的天气，我们突然走进树林，树叶掩映，点点丝丝，气氛仿佛滤过，围绕在周边。什么才是气氛呢？因为不真实才有气氛，令人迷惑。或者说除去直接无情的真实，留下迂回间接的真实，那就是一般人口里的气氛了。

有一回在乡下，听到一位农夫说到现今社会风气的败坏，他说：“都是电灯害的，电灯使人有了夜里的活动，而所有的坏事全是在黑暗里进行的。”想想，人在阳光的照耀下，到底还是保持着本色，黑暗里失去本色，一只苹果可以蓝，可以七彩，人还有什么不可为呢？

这样一想，阳光确实无情，它让我们无所隐藏，它的无情在于它的无色，也在于它的永恒，又在于它的自然。不管人世有多少沧桑，阳光总不改变它的颜色，所以仿佛也不值得歌颂了。

熟知中国文学的人应该发现，中国的诗人词家很少写阳光下的心情，他们写到的阳光尽是日暮（天寒翠袖薄，日暮倚修竹），尽是黄昏（月上柳梢头，人约黄昏后），尽是落日（大漠孤烟直，长河落日圆），尽是夕阳（去年天气旧亭台，夕阳西下几时回），尽是斜阳（斜阳外，寒鸦数点，流水绕孤村），尽是落照（家住苍烟落照间，丝毫尘事不相关）……阳光无所不在，无地不照，反而只有离去时最后的照影，才能勾起艺术家和诗人的灵感，想起来真是奇怪的事。

一朝唐诗、一代宋词，大部分是在月下、灯烛下进行，你说奇怪不奇怪？说起来就是气氛作怪，如果是日正当中，仿佛都与情思、离愁、国仇、家恨无缘。思念故人自然是在月夜空山才有气氛，忧怀边地也只有在清风明月里才能服人。即使饮酒作乐，不在有月的晚上，难道是在白天吗？其实天底下最大的痛苦不是在夜里，而是在大太阳下也令人战栗，只是没有气氛，无法描摹罢了。

有阳光的天色，是给人工作的，不是给人艺术的，不是给人联想和忧思的。有阳光的艺术不是诗人词家的，而是画家的专利。中国一部艺术史大部分写着阳光，西方的艺术史也是亮灿照耀，到印象派的时候更是光影辉煌，只是现代艺术家似乎不满意这样，他们有意无意地改变光的颜色。抽象自不必说了，写实也不要俗人都看得见颜色，而要透过画家的眼睛。他们说这是“超脱”，这是“真实”，这是“爱怎么画就怎么画才是创作”。

我常说艺术家是上帝错误的设计，因为他们要在阳光的永恒下，另外做自己的永恒，以为这样就成了永恒的主宰。艺术背叛了阳光的原色，生活也是如此。我们的黑夜越来越长，我们的屋子越来越密，谁还会在乎有没有阳光呢？现在，我如果批评塞尚的蓝苹果，一定会引来一阵乱棒，就像齐白石若画了蓝色的柿子也会挨骂一样；其实前后还不过是百年的时间，一百年，就让现代人相信，没有阳光，日子一样自在；亦让现代人相信，艺术家的真实胜过阳光的真实。

阳光本色的失落是现代人最可悲的一种，许多人不知道在阳光下，稻子可以绿成何样，天可以蓝到什么程度，玫瑰花可以红到透明。那是因为过去在阳光下工作的人占人类的大部分，现在变成小部分了；即使是在有光的日子，推窗看到的究竟是什么颜色呢？

我常在都市热闹的街上散步，有时走过长长的一条路，找不到一根小草，有时一年看不到一只蝴蝶，这时我终于知道：我们心里的小草有时候是黑色的，而在繁屋的每一面窗中，埋藏了无数苍白没有血色的蝴蝶。

光 之 香

我遇见一位年轻的农夫，在南方一个充满阳光的小镇。

那时是春末了，一期稻作刚刚收成，春日阳光的金线如雨般倾盆泼在温暖的土地上，牵牛花在篱笆上缠绵盛开，苦苓树上鸟雀追逐，竹林里的笋子正纷纷胀破土地。细心地想着植物突破土地，在阳光下成长的声音，真是人世里非常幸福的感觉。

农夫和我坐在稻埕旁边，稻子已经平铺在场上。由于阳光的照射，稻埕闪耀着金色的光泽，农夫的皮肤染了一种强悍的铜色。我在农夫家做客，刚刚是我们一起把谷包里的稻谷倒出来，用犁耙推平的，也不是推平，是推成小小的山脉一般，一条棱线接着一条棱线，这样可以让山脉两边的稻谷同时接受阳光的照射；似乎几千年来就是这样晒谷子，因为等到阳光晒过，八爪耙把棱线推进原来的谷底，则稻谷翻身，原来埋在里面的谷子全翻到向阳的一面来——这样晒谷比平面有效而均衡，简直是一种阴阳的哲学了。

农夫用斗笠扇着脸上的汗珠，转过脸来对我说："你深呼吸看看。"

我深深地吸了一口气，缓缓吐出。

他说："你吸到什么没有？"

"我吸到的是稻子的气味，有一点香。"我说。

他开心地笑了，说："这不是稻子的气味，是阳光的香味。"

"阳光的香味？"我不解地望着他。

那年轻的农夫领着我走到稻埕中间，伸手抓起一把向阳一面的谷子，叫我用力地嗅，那时稻子成熟的香气整个扑进我的胸腔；然后，他抓起一把向阴的埋在内部的谷子让我嗅，确实没有香味了。这个实验让我深深地吃惊，感觉到阳光的神奇，究竟为什么只有晒到阳光的谷子才有香味呢？年轻的农夫说他也不知道，是偶然在翻稻谷晒太阳时发现的，那时他还是大学生，暑假偶尔帮忙农作，想象着都市里多姿多彩的生活，自从晒谷时发现了阳光的味道，竟使他下决心要留在家乡。我们坐在稻埕边，漫无边际地谈起阳光的香味来，然后我几乎闻到了幼时刚晒干的衣服上的味道，新晒的棉被、新晒的书画，光的香气就那样淡淡地从童年中流泻出来。

自从有了烘干机，那种衣香就消失在记忆里，从未想过竟是阳光的关系。

农夫自有他的哲学，他说：“你们都市人可不要小看阳光，有阳光的时候，空气的味道都是不同的。就说花香好了，你有没有分辨过阳光下的花与屋里的花，香气有何不同呢？”

我说：“那夜来香、昙花香又作何解释呢？”

他笑得更得意了：“那是一种阴香，没有壮怀的。”

我便那样坐在稻埕边，一再地深呼吸，希望能细细品味阳光的香气，看我那样正经庄重，农夫说：“其实不必深呼吸也可以闻到，只是你的嗅觉在都市里退化了。”

光　之　味

在澎湖访问的时候，我常在路边看渔民晒鱿鱼，发现晒鱿鱼有两种方式：一种是把鱿鱼放在水泥地上，隔上一段时间就翻过身来；在没有水泥地的土地晾晒时，因为怕蒸起的水汽，渔民把鱿鱼像旗子一样，一面面挂在架起的竹竿上——这种景观在澎湖、兰屿随处可见，有的台湾沿海也看得见。

有一次，一位渔民请我吃饭，桌子上就有两盘鱿鱼。一盘是新鲜的刚从海里捕到的鱿鱼；一盘则是阳光下晒干以后，用水泡发再拿来煮的。渔民告诉我，鱿鱼不同于其他的鱼，其他的鱼当然是新鲜的最好，鱿鱼则非经过阳光烤炙，不会显出它的味道来。我仔细地吃起鱿鱼，发现新鲜的虽脆，却不像晒干的那样有味、有劲，为什么这样，真是没有道理。难道阳光真有那样大的力量吗？

渔民见我不信，捞起一碗鱼翅汤给我，说：“你看这鱼翅好了，新鲜的鱼翅卖不到什么价钱的，因为一点也不好吃，只有晒干的鱼翅才珍贵，因为香味百倍。”

为什么鱿鱼、鱼翅经过阳光暴晒以后会特别好吃呢？确实不可思议。

其实不必说那么远，就是一只乌鱼子，干的乌鱼子的价钱何止是新鲜乌鱼子的十倍？

后来我在各地旅行的时候，特别留意这个问题，有一次在南投竹山吃东坡肉和油焖笋尖，差一点没有吞下盘子。主人说那是今年的阳光特别好，晒出了最好吃的笋干；阳光差的时候，笋干也显不出它的美味；嫩笋虽自有它的鲜味，经过阳光，却完全不同了。

对鱿鱼、鱼翅、乌鱼子、笋干等来说，阳光的功能不仅让它干燥、耐于久藏，也仿若穿透它，把气味凝聚起来，使它发散出不同的味道。我们走入南货行里所闻到的是干货聚集的味道，我们走进中药铺里扑鼻而来的是草香药香，在从前，无一不是经由阳光的凝结。现在有无须阳光的干燥方法，据说味道也不如从前了。一位老中医师向我描述从前“当归”的味道，说如今怎样熬炼也不如昔日，我没有吃过旧日当归，不知其味，但这样说，让我感觉现今的阳光也不像古时有味了。

不久前，我到一个产制茶叶的地方，茶农对我说，好天气采摘的茶叶与阴天采摘的、烘焙出来的茶就是不同；同是一株茶，冬茶与春茶也全然两样。则似乎一天与一天的阳光味道不同，一季与一季的阳光更天差地别了，而它的先决条件，就是要具备一只敏感的舌头。不管在什么时代，总有一些人具备好的舌头，能辨别阳光的壮烈与阴柔——阳光那时像是一碟精心调制的小菜，差一点点，在食家的口中已自有高下了。

这样想，使我悲哀，因为盘中的阳光之味在时代的进程中似乎日渐清淡起来。

光 之 触

八月的时候，我在埃及，沿着尼罗河自北向南，从开罗逆流而溯，经过卢克索、帝王谷、亚斯文诸地。那是埃及最热的天气，晒两天，就能让人换过一层皮肤。

由于埃及阳光可怕的热度，我特别留心到当地人的穿着。北非各地，夏天的衣着也是一袭长袍长袖的服装，甚至头脸全部包扎起来。我问一位埃及人："为什么太阳这么大，你们不穿短袖的衣服，反而把全身包扎起来呢？"他的回答很妙："因为太阳实在太大，短袖长袖同样热，长袖反而可以保护皮肤。"

在埃及八天的旅行中，我在亚斯文旅店洗浴时，发现皮肤一层一层地凋落，如同干去的黄叶。埃及的经验使我真实地感受到阳光的威力，它不只是烧炙着人，甚至是刺痛、鞭打、揉搓着人的肌肤，阳光热烘烘地把我推进一个不可回避的地方，每一秒的照射都能真实地感应。

后来到了希腊，在爱琴海滨，阳光也从埃及的那种磅礴波澜进入一个细致的形式，虽然同样强烈地包围着我。海风一吹，阳光在四周汹涌，有浪大与浪小的时候，我感觉希腊的阳光像水一样推涌着，好像手指的按摩。

再来是意大利，阳光像极了文艺复兴时期米开朗琪罗的雕像，开朗、强壮，但给人一种美学的感应，那时阳光是轻拍着人的一双手，让我们面对艺术时真切地清醒着。

到了中欧诸国，阳光简直成为慈和温柔的怀抱，拥抱着我们。我感到相当惊异，因为同是八月盛暑，阳光竟有着种种变化的触觉：或狂野，或壮朗，或温和，或柔腻，变化万千，加以欧洲空气的干燥，更触觉到阳光直接的照射。

那种触觉简直不只是肌肤的，也是心灵的，我想起一个寓言：

有一个瞎子，从来没有见过太阳，有一天，他问一个眼睛好的人："太阳是什么样子呢？"

那人告诉他："太阳的样子像个铜盘。"

瞎子敲了敲铜盘，记住了铜盘的声音。过了几天，他听见敲钟的声音，以为那就是太阳了。

后来，又有一个眼睛好的人告诉他：“太阳是会发光的，就像蜡烛一样。”

盲人摸摸蜡烛，认出了蜡烛的形状。又过了几天，他摸到了一支箭，以为这就是太阳。

他一直无法搞清太阳是什么样子。

瞎子永远不能看见太阳的样子，自然是可悲的，但幸而瞎子同样有阳光的触觉。寓言里只有手的触觉，而没有心灵的触觉；失去这种触觉，就是眼睛好的人，也是不能真正知道太阳的。

冬天的时候，我坐在阳台上晒太阳，同一个下午的太阳，我们能感觉到每一刻的触觉都不一样，有时温暖得让人想脱去棉衫，有时一片云飘过，又冷得令人战栗。晒太阳的时候，我觉得阳光虽大，它却是活的，是宇宙大心灵的证明，我想只要真正地面对过阳光，人就不会觉得自己是神，是万物之主宰。

只要晒过太阳，就会知道，冬天里的阳光是向着我们，但走远了，夏天则又逼近，不管什么时刻，我们都触及了它的存在。

记得梭罗在瓦尔登湖畔，清晨吸到新鲜空气，希望将那空气用瓶子装起，卖给那些迟起的人。我在晒太阳时则想，是不是有一种瓶子可以装满阳光，卖给那些没有晒过太阳的人呢？

每一天出门的时候，我们对阳光有没有触觉呢？如果没有，我们的感官能力正在消失。因为当一个人对阳光竟能无感，如果说他能对花鸟虫鱼、草木山河有观，都是自欺欺人的了。

正向时刻

狗的享受

路过家附近的一家银行，发现门口或坐、或趴着五条狗。这五条狗原来是在市场附近的野狗，我认识的，它们本来各据一处，怎么会同时一起坐在银行前面呢？银行对狗的价值应该还不如路边的面摊，为什么狗不去蹲面摊而要来蹲银行呢？我感到十分好奇。

更使我好奇的是，这五条狗的脸上都流露出非常满足的神情。于是我站在那里研究狗为什么这么满足？为什么整条街都不去，偏偏聚在银行的门口？

十分钟以后，我找到答案了，因为银行的冷气开得很强，又是自动门，进出者众，每每有人出入，里面的冷气就会一阵阵倾泻而出，那些狗是聚在银行门口享受冷气呢！

七月，中午，在台北，有冷气真享受，连狗也知道。

台北秘籍

去信义路、基隆路口新开的诚品书店看书，无意间发现一张《台北书店地图》。

地图以浅咖啡色做底，仿佛一页撕下的线装书页，非常淡雅，一张一百元。

看到这张地图真是开心极了，台北有这么多的书店，台北还是很可爱的。

想到不久前在欧克斯家具店找到的《台北东区市街图》，或者可以出版一本书，书里全是分门别类的地图，例如《咖啡店地图》《画廊地图》《名牌服饰地图》《茶艺馆地图》《花店地图》《古董店地图》《餐厅地图》等。

对了，或者可以有一张《特殊商店地图》，例如后火车站有一家很大的“线庄”，历史悠久，只卖各色针线。基隆路有一家“大蒜专卖店”，只卖各种大蒜的制品。统领百货巷内有一家只卖天然茶的店，好像叫“小熊森林”。松山有一家只卖普洱茶叶的“普洱茶专卖店”……

这些地图可以让我们看出台北的好。

是不是邀请许多艺术家，每一位为台北绘一张这样的地图，让初到台北的人也能知道，台北有许多特色，是不逊于欧洲的。

这样一本地图，书名可以叫作《台北秘籍》，副题是“专供初到台北的武林人物在午后秘密演练”，呀！想了就很开心。

坐火车的莲花

逛完书店，散步回家，惊见家门口有一株玫瑰，四朵宝蓝色莲花，靠在门上，站立着。

花里夹着一张便条。

原来是一位住在中坜的朋友，他从中坜火车站搭车要到基隆去看女朋友，看到花店，想买一朵玫瑰花送给女朋友。进了花店，看到四朵宝蓝色莲花联想到我，觉得顺路到松山，把莲花送我，再到基隆，送玫瑰给女友，行程就很完美了。

他在松山下车，步行到我家，原本要放了花就走，但大厦管理员对他说："林先生有黄昏散步的习惯，又穿拖鞋短裤，很快会回来了。"结果我去逛书店，他在门口苦等许久，一直到天黑才离去。

至于那朵要送女朋友的玫瑰，算算去基隆时间太晚了，"附赠女友玫瑰一朵"，人就回中坜去了。

朋友留下的那封短笺，里面有格言似的留话："在这个世间，只要不会伤害别人的事，想做什么，就立刻去做吧。"

我把莲花和玫瑰插在花瓶，心想，有些朋友真像花园中的花突然乍放，时常令人惊喜，下次也要想个什么方法，让他惊喜一下，或者两三下。

条纹玛瑙

暑假到了，在国外的朋友纷纷回来过暑假。

一个朋友从美国马里兰回来，特地来看我，送一个沉重的东西给我，说："送你一块石头，不成敬意。"

打开，是一块条纹玛瑙，大如垒球，有一公斤重，上半部纯红，下半部红、黄、白、绿，条条相间，真的是美极了。

"真是谢谢你！"我诚挚地说，企图掩藏心里的狂喜，由于朋友是腼腆的人，我担心没有掩饰的惊喜吓到他，所以就淡化了内心的欢喜。

朋友走了，我在书房里抱着那块条纹玛瑙，高呼万岁，不是为了它的昂贵，而是为了它的美，还有超越时空的友谊。

埔里荔枝

在埔里等候国光号的车北上，尚有二十分钟，在车站附近逛逛。

看到一家水果行，想到埔里的特产是荔枝和甘蔗，买了一株甘蔗、十斤荔枝，真不敢相信甘蔗和荔枝都是一斤二十五元，几天前在台北买荔枝，一斤六十元。

国光号上，先吃了荔枝，是籽细肉肥的品种，鲜美极了。

然后吃甘蔗，脆嫩清甜，名不虚传，果然是埔里甘蔗。

回到台北，齿颊仍留着香气，四小时的车程，仿佛只是刹那。

处处莲花开

生命里有许多正向时刻，也有许多负向时刻，一个人快乐的秘诀，便是抓住那正向的时刻，使它更充盈；转化负向的时刻，使它得到清洗。

有人对我们深深地微笑；乡间道上的油麻菜开花了；炎热的夏天午后突来阵雨和凉风；一只凤蝶突然飞过窗边；在公园里偶然看见远天的彩虹；读一本好书、听了一段动听的音乐……

每天，有一些正向的时光，便有好心情走向明天：时时有正向的时刻，生命便无限美好，日日是好日，处处莲花开。

雪的面目

在赤道，一位小学老师努力地给儿童说明“雪”的形态，但不管他怎么说，儿童也不能明白。

老师说：雪是纯白的东西。

儿童就猜测：雪是像盐一样。

老师说：雪是冷的东西。

儿童就猜测：雪是像冰激凌一样。

老师说：雪是粗粗的东西。

儿童就猜测：雪是像沙子一样。

老师始终不能告诉孩子雪是什么，最后，他考试的时候，出了“雪”的题目，结果有几个儿童这样回答：“雪是淡黄色，味道又冷又咸的沙。”

这个故事使我们知道，有一些事物的真相，用言语是无法表白的，对于没有看过雪的人，我们很难让他知道雪，像雪这种可看的、有形象的事物都是无法明明白白地讲，那么，对于无声无色、没有形象、不可捕捉的心念，如何能够清楚地表达呢？

我们要知道雪，只有自己到有雪的国度。

我们要听黄莺的歌声，就要坐到有黄莺的树下。

我们要闻夜来香的清气，只有夜晚走到有花的庭院。

那些写着最热烈优美的情书的，不一定是最爱我们的人；那些陪我们喝酒吃肉搭肩拍胸的，不一定是真朋友；那些嘴里说着仁义道德的，不一定有人格的馨香；那些签了约的字据呀，也有背弃与撕毁的时候！

这个世界最美好的事物，都是语言文字难以形容与表现的。

那么，让我们保持适度的沉默吧！在人群中，静观谛听；在独处的时候，保持灵敏。

就像我们站在雪中，什么也不必说，就知道雪了。

在雪中清醒的孤独，总比在人群中热闹的寂寞与迷惑要好些。

雪，冷而清明，纯净优美，念念不住，在某一个层次上，像极了我们的心。

心灵的护岸

只有妈妈的爱
像清晨的阳光
像清澈的河水
是我们心灵永久的护岸

吃晚饭的时候，我对妈妈和哥哥说："明天我想带孩子去护岸走走。"他们同时抬起头来看了我一眼，点一下头，又继续吃饭了，那意思于我已经很明确，就是护岸已经不值得去了。

护岸是家乡的古迹之一，沿着旗尾溪的岸边建筑，年代并不久远，是日据时代堆成的。筑造的原因，是从前的旗尾溪经常泛滥成灾，高达一丈的护岸，在雨季可以把溪水堵住，不至于淹没农田。

旗山的护岸或者也不能算是古迹，因为它只是由许多巨大的石头堆砌而成，它的特点是石头与石头之间并没有黏结，只依其各自的状态相互迭扣，石头大小与形状都各自不同，但是组成数公里的护岸，却是异常的雄伟与平整。

旗山原是平凡的小镇，没有什么奇风异俗，我喜欢护岸当然是感情因素。

在我幼年的时候，护岸正好横在我家不远的香蕉园里，我时常跑去上上下下地游戏，印象最深的是，春天的时候，护岸上只有一种植物“落地生根”，全数开花时，犹如满天的风铃，恍如闻到叮叮当当的响声。

在护岸底部沿着的沟边，母亲种了一排芋田，夏天的芋叶像菩萨的伞盖，高大、雄壮，有着坚强的绿色，坐在护岸上看来，芋头的叶子真是美极了，如果站起来，延延的蕉树与防风的竹林、槟榔交织，都有着挺拔高挑的风格，个个抬头挺胸。

我时常随父母到蕉园里去，自己玩久了，往往爸妈已改变工作位置，这时我会跑到护岸上居高临下，一列列地找他们，很快就会找到，那护岸因此给我一种安全的感觉，像默默地守护着我。

我也喜欢看大水，每当暴雨过后，就会跑到护岸上看大水，水浪滔滔，淹到快与护岸齐顶，使我有一种奔腾的快感。平常时候，旗尾溪非常清澈，清到可见水里的游鱼，澈到溪底的石头历历，我们常在溪里戏水、摸蛤蜊、抓泥鳅，弄得满身湿，起来就躺在护岸的大石上晒太阳，有时晒着晒着睡着了，身体一半赤一半白，爸爸总会说：“又去煎咸鱼了，有一边没有煎熟呢。还未翻边就回来了。”

护岸因此有点像我心灵的故乡，少年时代负笈台南，青年时代在台北读书，每次回乡，我都会在黄昏时沿护岸散步，沉思自己生命的蓝图，或者想想美的问题，例如护岸的美，是来自它的自身呢？或是来自小时候的感情？或是来自心灵的象征？后来发现美不是独立自存的，美是有受者、有对象的，真实的美来自生命多元的感应道交，当我们说到美时，美就不纯粹客观，它必然有着心灵与情感的因素。

我对护岸的心情，恐怕是连父母都难以理解的，但我在护岸散步时，常会想起父母作为农人的辛劳，他们正是我们澎湃汹涌的河流之护岸，使我即使在都市生活，在心灵上也不至于决堤，不会被都市的繁华淹没了平实的本质。

这一次我到护岸，还征求了三位志愿军，一个是我的孩子，两个是哥哥的孩子，他们常听我提到护岸是多么美，却从未去过。他们一走上护岸，我就看见他们眼里那失望的神色了。

旗尾溪由于上游被阻绝，变成一条很小的臭水沟，废物、馊水、粪便的倾倒，使整个护岸一片恶臭。岸边的田园完全被铲除，铺了一条产业道路，路旁盖着失去美感、只有壳子的贩厝。有好几段甚至被围起来养猪，必须要掩鼻才有走过的勇气。大石上，到处都是宝特瓶、铝罐子和塑料袋。

走了几公里，孩子突然回头问我："爸爸，你说很美的护岸就是这里吗？"

"是呀，正是这里。"心里一股忧伤流过，不只护岸是这样的，在工业化以后的台湾，许多有美感的地方不都是这样吗？田园变色、山水无神，可叹的是，人都还那样安然地，继续把环境焚琴煮鹤地煮来吃了。

我本来要重复这样子说："我小时候，护岸不是这样子的。"话到口中又吞咽回去，只是沉默地、一步一步地走向护岸的尽头。

听说护岸没有利用价值，就要被拆了，故乡一些关心古迹文化的朋友跑来告诉我，我不置可否，"如果像现在这个样子，拆了也并不可惜呀。"我铁着心肠说。

当我们说到环境保护的时候，一般人总是会流于技术的层面，或说："为子孙留下一片乐土。"或说："我们只有一个地球。"这些只是概念性的话；其实保护环境要先保护我们的心，因为我们有什么样败坏的环境，正是来自我们有同样败坏的心。

就如同乡下一条平凡的护岸，它不只是石头堆砌而成的，它是心灵的象征，是感情的实现，它有某些不凡的价值，但是粗俗的人，怎么能知道呢？

我们满头大汗回家的时候，妈妈正在厨房里包扁食（馄饨）。正像幼年时候，她体贴地笑问："从护岸回来了？"

“是呀，都变了。”我黯然地说。

妈妈做结论似的：“哪有几十年不变的事呀。”

然后，她起油锅、炸扁食，这是她最拿手的菜之一，是因为我返乡，特别磨宝刀做的。

嗞——，油锅突然一声响，香味四散，我的心突然在紧绷中得到纾解。幸好，妈妈做的扁食经过这数十年，味道还没变。

我走到锅旁，学电视的口吻说：“嗯，有妈妈的味道。”

妈妈开心地笑了，像清晨的阳光，像清澈的河水。

只有妈妈的爱，才是我们心灵永久的护岸吧，我心里这样想着。

一只毛虫的圆满

起居室的墙上，挂了一幅画家朋友陆咏送的画，画面上是一只丑丑的毛虫，爬在几株野草上，旁边有陆咏朴素的题字：

> 今日踽踽独行，
> 他日化蝶飞去。

我很喜欢这一幅画，那是因为美丽的蝴蝶在画上已经看得多了，美丽的花也不少，却很少人注意到蝴蝶的“前身”是毛虫，也很少人思考到花朵的“幼年时代”就是草，自然很少有画家以之入画，并给予赞美。

当我们看到毛虫的时候，可以说我们的内心有一种期许，期许它不要一辈子都那样子踽踽独行，而有化蝶飞去的一天。当我们看到毛虫的时候，内心里也多少有一些自况，梦想着能有美丽飞翔的一天。

小时候，我曾经养过一箱毛虫，所有的人看到毛虫都会恶心惊叫，但我不会，只因为我深信毛虫是美丽蝴蝶的幼年时代。每天去山间采嫩叶来喂食，日久习以为常，竟好像对待宠物一样。我观察到那些样子最丑的毛虫正是最美的蝴蝶幼虫，往往貌不惊人，在破茧时却七彩斑斓。

最记得是把蝴蝶从箱中放走的时刻，仿佛是一朵花飘向空中，到处都有生命美丽的香味。

对毛虫来说，美丽的蝴蝶是不是一种结局呢？从丑怪到美丽的蜕化是不是一种圆满呢？对人来说，结局何在？什么才是圆满？这些难以解答的问题，正是我说的自况了。

初生于世界的人，是不可能圆满的，原因是这个世界原就是不圆满的世界，感应道交，不圆满的人当然投生到不圆满世界，这乃是“因缘”所成。圆满的人，自然投生到佛的净土、菩萨世界了。

幸而，佛经里留了一个细缝，是说在不圆满世界也可能有圆满的人来投胎，凡圣可能同居，那是由于愿力的缘故，是先把自己的圆满隐藏起来，希望不圆满的人能很快找到圆满的路径，一起走向圆满之路。

“有圆满之愿，人人都能走向圆满。”我们可以这样说，这正是佛说“众生皆有如来智慧德相”的意思。

举一个简单的例子，我们来看几个人字旁的字，像“佛”“仙”“俗”。

仙，左人右山，意思是，人的心志如果一直往山上爬，最后就成仙了。

俗，左人右谷，意思是，人的心志如果往山谷堕落，最后就是粗俗的凡夫了。

佛，左边是人，右边是弗，弗有“不是”之意，佛字如果直接转成白话，是“不是人”的意思。“不是人”正是“佛”，这里面有极为深刻的寓意。当一个人的心志能往山上走，不断地转化，使一切负面的情绪都转化成正面的情绪，他就不是一般的人，而是觉行圆满的佛了。

成佛、成仙、成俗，都是由人做成的，人是一切的根基，人也是走向圆满的起点，这是为什么六祖慧能说：“一念觉，即是佛；一念迷，即是众生。”

从前读太虚大师的著作，他常说：“人圆即佛成。”那时不能深解，总是问：“为什么人圆满了就成佛呢？”当时觉得人要圆满不是难事，成佛却艰辛无比，年纪渐长才知道，原来，佛是“圆满的人”，并不是一个特别的称呼。

什么是圆满之境呢？试以佛的双足“智慧”与“慈悲”来说。

佛典里给佛智慧的定义是“妙观察智”“平等性智”“成所作智”“大圆镜智”，如果把它放到最低标准，我们可以说圆满的智慧具有这样四种特质：一是善于观察世间的实相；二是能平等对待众生，因了知众生佛性平等之故；三是有生命的活力，所到之处，一切自然成就；四是有无比广大的风格，如大圆镜反映了世界的实相。

也可以说，假如有一个人想走向圆满，他要在智慧上有细腻的观察、平等亲切的对待、活泼有力的生命、广大无私的态度。我们试着在黑夜中检视自己生命的风格，便会知道自己是不是在走向圆成智慧之路。

慈悲的圆满境界则有两项标杆，一是无缘大慈，二是同体大悲。前者是对那些无缘的人也有给予快乐之心，是由于虽然无缘，也要广结善缘；后者是认识到自己并不是独存于世界，而是与世界同一趋向、同一境性，因此对整个世界的痛苦都有拯救拔除的心。

慈悲的检视也和智慧一样，要回来看自己的心，是不是与众生感同身受，是不是与世界同悲共苦？切望能共同走向无忧恼之境，如果于一个众生起一念非亲友的念头，那就可以证明慈悲不够圆满了。

因缘的究竟是渺不可知的，圆满的结局也杳不可知，但人不能因此而失去因缘成就、圆满实现的心愿。

一个人有坚强广大的心愿，则因缘虽遥，如风筝系线在手，知其始终；一个人有通向究竟的心愿，则圆满虽远，如地图在手，知其路径，汽车又已加满了油，一时或不能至，终有抵达的一天。

但放风筝、开汽车的乐趣，只有自心知，如果有人来问我关于圆满的事，我会效法古代禅师说："喝茶时喝茶，吃饭时吃饭，睡觉时睡觉，说什么劳什子的圆满？"

这就像一条毛虫一样，生在野草之中，既不管春花之美，也不管蝴蝶飞过，只是简简单单地吃草，一天吃一点草，一天喝一点露水；上午受一些风吹，下午给一些雨打；有时候有闪电，有时候有彩虹；或者给鸟啄了，或者喂了螳螂；生命如是前行，不必说给别人听。只有在心里最幽微的地方，时时点着一盏灯，灯上写两行字：

今日踽踽独行，
他日化蝶飞去。

忘情花的滋味

院子里的昙花突然间开了，一共十八朵。夜里，打开院子里的灯，坐在幽暗的室内望向窗外，乳白色的昙花在灯下有一种难言的姿色，每一朵都是一幅春天的风景。

昙花是不能近看的，它适合远观，近看的昙花只是昙花，一种炫目的美丽；远观的昙花就不同了，它像是池里的睡莲在夜间醒来，一步一步走到人们的前庭后院，而且这些挺立在池中的睡莲都一起爬到昙花枝上，弯下腰，吐露出白色的芬芳。

第二天清晨昙花全谢了，垂着低低的头，我和妻子商量着，用什么方法吃那些凋谢的昙花。我说，昙花炒猪肉是最鲜美的一道菜，是我小时候常吃的。妻子说，昙花属于涅槃科，是吃斋的，不能与猪肉同炒，应该熬冰糖，可以生津止咳，可以叫人宠辱皆忘。

后来我们把昙花熬了冰糖，在春天的夜里喝昙花茶特别有一种清香的滋味，喝进喉里，它的香气仿佛是来自天的远方，比起阳明山上白云山庄的兰花茶毫不逊色——如果兰花是王者之香，昙花就是禅者之香，充满了遥远、幽渺、神秘的气味。

果然，妻子说，昙花的另一个名字叫“忘情花”，忘情就是“寂焉不动情，若遗忘之者”，也就是《晋书》中说的“圣人忘情”。在缤纷灿烂的花世界里，“忘情花”不知是哪一位高人的命名，它为昙花的一生下了一个注解，昙花好像是一个隐者，举世滔滔中，昙花固守了自己的情，将一生的精华在一夜间吐放，它美得那么鲜明，那么短暂，因为鲜明，所以动人。因为短暂，才叫人难忘。当它死了之后，我们喝着用它煎熬成的昙花茶时，在昙花，它是忘情了；对我们，却把昙花遗忘的情喝进腹中，在腹中慢慢地酝酿。

由于喝昙花茶，使我想起童年时代吃昙花的几种滋味。

小时候，家后院种了一片昙花，因为妈妈是爱看昙花的，而爸爸，却是爱吃昙花的。据爸爸说，最好吃的昙花是在它盛开的时候，又香又脆，可是妈妈不许，她不准任何人在昙花盛放时吃昙花，因此春天昙花开成一片白的时候，我们也只好在旁边坐守，看它仰起的头垂下才敢吃它。

爸爸吃昙花有好几种方法，第一种方法是“昙花炒猪肉”，把切成细丝的昙花和肉丝丢进锅中，烈火一炒，就是一道令人垂涎的好菜，这一道菜里昙花的滋味像是雨后笋园中冒出来的香芹，滑润、轻淡，入口即不能忘。

第二种方法是“昙花炖鸡”，将整朵的昙花——洗净和鸡块同炖，放一点姜丝，这一道菜昙花的滋味有一点像香菇，汤是清的，捞起来的昙花还像活的一般。

第三种方法是“炸昙花饼”，用糖、面粉和鸡蛋打匀，把昙花沾满，放到油锅中炸成金黄色即可食，这一道菜昙花的滋味香脆达于极致，任何饼都无法比拟。

我们的童年在爸爸的调教下，几乎每个兄弟都是“食花的怪客”，我们吃过的还不只是昙花，也吃过朱槿花、栀子花、银莲花、红睡莲、野姜花和百合花，我们还吃过寒芒花的嫩芽、鸡冠花的叶、满天星的茎，以及水笔仔的幼根，每种花都有不同的滋味。那时候年纪小不知道怜香惜玉这一套，如今想起那些花魂，心中总是有一种罪过的感觉。

食花真是有罪的吗？食了昙花真能忘情吗？有一次读《本草纲目》，

知道古人也是食花的，古人也食草。在《本草纲目》谈到萱草时，引了李九华的《延寿书》说：“嫩苗为蔬，食之动风，令人昏然如醉，因名忘忧。”

如果萱草“忘忧草”的名是因之而起，我倒愿为昙花是“忘情花”下一注解：“美花为蔬，食之忘情，令人淡然超脱，因名忘情。”

“忘情花”的滋味是宜于联想的，在我们的情感世界里，“忘情”几乎是不可能的境界，因为有爱就有纠结，有情就有牵缠，如何在纠结牵缠中能拔出身来，走向空旷不凡的天地，就要像“忘情花”一样在短暂的时间里开得美丽，等凋萎了以后，把那些纠结牵缠的情经过煎、炒、煮、炸的锻炼，然后一口一口吞入腹里，并将它埋到心底最深处，等到另一个开放的时刻。

每个人的情感都是有盛衰的，就像昙花即使忘情，也有兴谢。我们不是圣人，不能忘情，再好的歌者也有恍惚失曲的时候，再好的舞者也有乱节而忘形的时刻，我们是小小的凡人，不能有“爱到忘情近佛心”的境界，但是我们可以“藏情”，把完成过、失败过的情爱像一幅卷轴一样卷起来放在心灵的角落，让它沉潜，让它褪色，在岁月的足迹走过后打开来，看自己在卷轴空白处的落款，以及还鲜明如昔的刻印。

我们落过款、烙过印；我们惜过香、怜过玉；这就够了，忘情又如何？无情又如何？

其实你不懂我的心

一位朋友送我一盒录音带，说:“这是新编写的佛教歌谣，你带回去听听看。”

这盒没有封面的佛教歌谣音乐带，显然是转录又转录的，只见卡带上用印章盖了“佛教歌谣”四字。回到家想放来听，正巧儿子在使用录音机，我叫他先让爸爸听一盒“重要的”录音带，儿子口中嘀咕，很不情愿地关掉正在听的音乐。

我把“佛教歌谣”放了，和孩子坐着一起听，才听了第一首，儿子就下断语:“好难听哦！”

我说:“再听两首看看。”

听到第三首的时候，连我自己也受不了了，不只是录音品质极差，词曲也很难听，虽然写着“佛教歌谣”，我也只好向儿子承认“难听的东西就是难听，不管它是挂着什么名”，那就像一家有好听名字的餐厅，做出来的菜却很难吃一样。

“爸爸,你听听这个。”儿子把录音带取出,放回他原来在听的带子，我看到封套上写着“其实你不懂我的心”，是一位年轻的男歌星唱的流行歌。

音乐用一种无奈的声调流出来了:

你说我像云，捉摸不定，
其实你不懂我的心。
你说我像梦，忽远又忽近，
其实你不懂我的心。
你说我像谜，总是看不清，
其实我永不在乎掩藏真心。
怕自己不能负担对你的深情，
所以不敢靠你太近。
你说要远行，暗地里伤心，
不让你看到哭泣的眼睛。
…………

听到这首歌的时候，我心底突然冒出这样的声音：“呀！这首歌比我刚刚听到的佛教歌谣，更能表现佛教的精神，或者更接近佛教！”

自心的不可言说、不可思议，不正是像云，捉摸不定吗？念头的生住异灭，不正是像梦一样，忽远又忽近吗？无常与因缘的现象，不正是像谜一般，总是看不清吗？我们不敢靠众生太近，不是我们不慈悲，而是怕不能负担对众生的深情！我们看到人生的爱别离，知道那是生命必然的结局，只有暗暗的伤心……

想着这首歌，使我十分感慨，其实到处都有人生的智慧，不一定要标明“佛教”，因为真正智慧的教化是心的教化，而心的教化是无相的。

活的钻石

从他的眼神中，
我看到了价值的混乱。
但是价值确是如此被混乱的，
许多人误以为钻石的
价值是真实的，
反而不能相信世间有许多事物，
其价值犹在钻石之上。

一个孩子问我："叔叔，这个世界上有没有比钻石更有价值的东西？"我问他："你怎么会问这个问题呢？"他说："因为报纸上刊登了一个模特儿穿着一件镶满钻石的礼服，听说价值是一亿呢！"我说："有呀！这个世界上所有活着的钻石都比钻石珍贵而有价值。""钻石不是矿物吗？怎么会有活的钻石呢？"我告诉孩子，凡是有价值的、生长着的事物，我们都可以叫它是活的钻石。像我们可以说花是活的钻石、爱是活的钻石、智慧是活的钻石、一个孩子是活的钻石，我摸摸孩子的头说："你也是活的钻石呀，如果用克拉来算，你的价值也超过一亿呢！"

孩子不可置信地看着我，从他的眼神中，我看到了价值的混乱。但是价值确是如此被混乱的，许多人误以为钻石的价值是真实的，反而不能相信世间有许多事物，其价值犹在钻石之上。就像毒品好了，每次当警方查获大批的海洛因或安非他命，新闻报道常说：“此次查获的毒品，价值五亿四千万元。”这使我们读了感到混乱，因为毒品在不吸毒的人眼中根本是一文不值的，甚至会伤身害命，怎么可以有那么高的“价值”？

钻石虽然不是毒品，它的价值与价钱是值得思考的。钻石作为一种石头，它的价值是中立的，它的光芒，是因为附加的价值而显现。

如果是以钻石来表达爱情的永恒坚贞，钻石就变得有价值。

如果是以钻石来炫耀自己的虚荣，则钻石是一文不值的。

如果是以钻石参加慈善的义卖，去救助那些贫苦的众生，钻石就变得有价值。

如果把钻石收藏于柜中，甚至无缘见天日，则钻石是一文不值的。

有了好的附加价值，使钻石活了起来。

变成虚荣与炫耀的工具，钻石就死去了。

不只是钻石，所有无生命的、被认为珍宝的事物皆是如此，玉石、翡翠、珍珠、琥珀、琉璃、黄金、珊瑚等，并没有真正的价值。

事物的价值是因为“意义”而确定的，意义则是由于“心的态度”而确立的。

如果我们真能确立以心为主的人格与风格，来延伸人生的意义与价值，就会显现生命的诚意，使生活的一切都得到宝爱与珍惜。每一朵花、每一个观点、每一段历程都变成“活的钻石”，每一分爱、每一次思维、每一次成长都以“克拉”来计算。

在这无常的世界、每一步都迈向空无的人间，重要的是“活”，而不是“钻石”。每时每刻都是活生生的、都走向活的方向、都有完全的活。每一个刹那都淳珍宝爱、都充满热诚与美、都有创造的力。那么，生命就会有钻石的美好、钻石的光芒了。

第三辑

我心柔软，却有力量

不可以一朝风月，
昧却万古长空；
不可以万古长空，
不明一朝风月。

——善能禅师

采更多雏菊

不可以一朝风月，
昧却万古长空；
不可以万古长空，
不明一朝风月。

——善能禅师

有一个八十五岁的女人被问道："如果你必须再来一次，你要怎么生活？"

那个老女人说："如果我能够再活一次，下一次我一定对更少的事情采取严肃的态度，我一定要放松，我一定要使自己更柔软灵活，我一定敢去犯更多的错误，我一定要冒更多的险，我一定要做更多旅行，我一定要爬更多山，渡更多河，我一定要吃更多冰激凌，吃更少豆子……

"我是一个去到每一个地方都要带温度计、热水瓶、雨衣和降落伞的人，如果我可以再来一次，我一定要比这一生携带更轻的装备旅行……

"我是一个每天、每小时都过得很明智、很理性的人。我只享受过某些片刻，如果我要再来一次，我一定享受更多的片刻，我一定不要其他什么东西，只要尝试那些片刻，一个接一个，而不要每天都活在未来的几年之后。

“如果我必须再活一次，我一定要在更初春就开始打赤脚，然后一直维持到深秋。我一定要跳更多的舞，我一定要坐更多的旋转木马，我一定要摘更多的雏菊。”

这是印度修行者奥修在《般若心经》里讲的一个故事，接着他做了这样的评述：“尽可能尽心地去过这个片刻，不要太理智，因为太理智导致不正常，让一些疯狂存在你心里，那会给予你生命热情，使生活更加充满朝气，让一些无理性一直存在，那会使你能够游戏，使你能够有游戏的心情，那会帮你放松，一个理智的人完全停留在头脑里，他没有办法从头脑下来，他生活在楼顶上。你要到处都能生活，这是你的家，楼顶上，很好！一楼，非常好！地下室，也很美！到处都能生活，这是你的家。我要告诉这个年老的女人：不要等到下一次，因为下一次永远不会来临，因为你会丧失前世的记忆，同样的事情又会再度发生。”

我们在生活里通常会遇到类似的问题：“如果你再活一次！”“如果从头开始！”大部分人的经验都是充满遗憾的，希望下一生能够弥补（如果真有下一生的话），极乐世界或者天堂正因为这种弥补而得以形成。只有极少数人知道，下一世是渺茫的寄托，不如从此刻做起。这些人使我们知道世界有更活泼的风景，我就认识好几位到了老年才立志做艺术家的；我也认识几位七十岁才到小学读补校的老人。

最近，我遇到一位七十五岁的老人，他热爱旅行，他的朋友时常劝阻他，因为担心他会死在路上，他说：“死在路上也是很好的事。”不久前，他到大陆旅行，生了一场大病，上吐下泻，别人又劝告他，他说：“陌生的旅途，总有不可预料的事，在那里生病总比没去过好！”

每次看到这样用心生活在当下的人，都使我有甚深的感悟。

我们的生命是由许多片刻组成的，但是我们容易在青少年时代活在未来，在中老年时代沦陷于过去。真正融入片刻，天真无伪生活的只有童年时代了。禅者的生活无他，只是保持在片刻的融入罢了，活在当下，活在眼前，活在现成的世界。

因此，我们对生命如果还有未完成的期盼，此刻就要去融入它，不要寄希望于渺茫的来生，活在一个又一个的片刻里，到死前都葆有向前的姿势，只要完全融入一个纯粹天真的片刻，那也就够了。有很多人活在过去与未来的交错、预期、烦恼之中，从来没有进入过那个片刻呢！

我们来看奥修在片刻上怎么说：“你不要等到下次，抓住这个片刻，这是唯一存在的时间，没有其他时间。即便你是八十五岁，你也可以开始生活，当你是八十五岁，你还会有什么损失吗？如果你春天打赤脚在沙滩上，如果你搜集雏菊，即使你死于那些事，也没什么不对。打赤脚死在沙滩上是正确的死法，为搜集雏菊而死是正确的死法，不管你是八十五岁或十五岁都没有关系，抓住这个片刻！”

信仰使人清净

最近，我应台北市修女联谊会之邀，到主教会署去演讲，一口气讲了三小时。同日演讲的还有辅大教授李震神父，黄昏做弥撒之前，我们曾有一个小小的座谈，李神父虽是奉献于基督，但他要在座的修女们应多从佛、道、儒、墨等家去研究智慧。

他说："作为中国的神父和修女，与西方人是不同的，因为我们一出生就流着佛、道、儒、墨的血液，所以不应该，也不能斩断这些传统的东西，我们更要向里面求智慧。"

然后是修女们唱圣歌、做弥撒，室内遂流动着良善与优美、庄严与和谐。

我虽是虔诚的佛教徒，但看到修女们脸上的表情时也不禁深受感动，感觉到人能有一个可以坚持诚敬礼拜的信仰实在是非常幸福的事，由于有了信仰，才能有直心、有静心、有道心。

人间的许多美德也是从信仰中养成的，譬如讲慈悲的心情，佛教是度众生，天主教是为人群服务；譬如守戒清修，佛教是比丘和比丘尼，天主教是神父和修女；譬如见诸本心和忏悔，佛教是禅坐静观，天主教是默祷弥撒……在信仰里，人可以有奉献、谦虚、宽容、相信宇宙力量等美德。

最重要的是，信仰使人清净自在，真心圆满，远离颠倒梦想。尤其是佛法中认为信是最上乘的，也是最世间的，因为信才能得智慧，才能成正觉，才能渡生死的大河。《佛说大乘十法经》说：“信为最上乘，以是成正觉；是故信等事，智者敬亲近。信为最世间，信者无穷乏；是以信等法，智者正亲近。不信善男子，不生诸白法；犹如焦种子，不生于根芽。”《梵纲菩萨戒经》说：“一切行以信为首，众德根本。”《大乘本生心地观经》说：“入佛法海，信为根本。渡生死河，戒为船筏。”都说明了信仰的重要。

对于信仰的人，《楞严经》说得好：“譬如琴、瑟、箜篌、琵琶，虽有妙音，若无妙指，终不能发。”《达摩血脉论》则说：“所以不信，譬如无目人，不信道有光明，纵向伊说亦不信，只缘盲故，凭可辨得日光？”

没有信仰的人难以知道信仰可以带给人怎样的悦乐，也很难知道信仰可以达到怎样平静清净的境界，当然不知宇宙之大，时间之无量了。

禅宗有一副名联是：“万古长空，一朝风月。”南宋的善能禅师解释得最好：“不可以一朝风月，昧却万古长空；不可以万古长空，不明一朝风月。”正如当代最伟大的科学家爱因斯坦所说：“那些无法参透的事物所呈现的是最高的智慧和光彩夺目的美，而我们类似萤火之光的能力，却只能靠‘知’与‘感’，这种最原始的形式来了解它呢！”

信仰的智慧确是无与伦比的、至高无上的、正见无邪的智慧。

我们都是有情的众生，财富、名器、享用皆不难求，难的是能把智慧信仰摆在一切之上，使我们心如赤子，得真正的明净与感动。

人生还有什么比清净是更高的境界、更真如之美呢？

真心相待

带孩子去买鞋子，一开始，店员小姐还蛮热心的，试穿了几双，她开始有不耐烦的表情。孩子喜欢的样子，不是太大，就是太小；正好合脚的鞋子，式样都不是孩子喜欢的。

最后我们决定不买，当我对店员小姐赔笑脸地说："对不起，我们再看看好了。"

她的脸立刻拉下来，臭不可视，我想起一句乡下人常说的俚语："那种脸，就像不知道你欠她多少会钱同款。"我立刻拉着孩子逃出店外，孩子幽默地说："爸爸，又一家拒绝往来户。"我们都笑起来，我心里暗自决定：即使以后需要打赤脚，也绝不会向这一家买鞋子。

其实，这种情况不是偶然发生的，只要在台北买东西，隔几天就会遇到一次，那些态度恶劣的店员脸上时常写着轻蔑、怨恨的表情，仿佛不买东西就是欠了她一样，完全不知道服务精神是什么。我时常想，要把一家商店搞垮，最容易的方式就是请两个臭脸的小姐，像门神一样，包管可以做到"闲人免进，童叟必欺"的地步，那么再好的店也是不久就垮了。

因为买东西的人有很多选择，何必去受气呢？所以一遇到这种"内有恶姐"的商店，我一律将之列为"拒绝往来户"，就算里面一斤黄金卖三元，我也不会再去"交关"了。

我一直想不通的是，这些店员小姐哪里来的那么大火气？她们不上班的时候也是这个样子吗？难道她们心里对顾客、老板没有一点感恩之念吗？甚至，难道她们没有受到一点工作与服务的训练吗？

但是，我可以确定的是，一天如果几十次臭脸摆下来，这位小姐的美丽与性情一定会大变，内心里也会饱受折磨。我还可以确定，服务这么差的小姐，前途绝对不会有发展的，只好一辈子痛苦地做店员。我更可以确定，有她在的店生意一定不会好。

一个店员不能和善礼貌地对待顾客，可能与训练或待遇没有直接关系，更重要的是，没有学习到如何真心地善待别人，形之于外，就是服务精神不佳，从内心来说，就是人格不健全。因为人格健全的人，不会因为少卖一双鞋子，就立刻怨恨生气；人格健全的人也不会因为做店员而感到自卑不悦。以服务业来说，店员是一个最敏锐与高尚的行业，其地位犹如军队里在最前线的战士，他的基本动作、战技、自信、勇气，平时是象征一个部队的形象，实战的时候则靠他们取胜。

如果没有好的战士，再好的司令、指挥官、防御工事、武器，都还是要打败仗的；如果没有好的店员，再名贵的品牌、再华丽的店都是要倒店的。

有一天，我在百货公司化妆品专柜，看到一位小姐不断地在纸上写字，我好奇地探头一看，发现写满了同一个“忍”字，使我感触很多，她是在忍什么呢？忍耐工作？或是忍耐顾客呢？

能忍已经不错了，表示对自己的工作“认命”，谁叫我们做了店员呢？做店员就是要认命地服务。但能不忍更好，从内心里真心对待顾客，就像对我们自家的人，还有什么痛苦可言？

我喜欢看在超级市场、商超、速食店工读的学生，他们的待遇比不上一个店员，可是他们充满朝气、有活力，不怨叹工作。我总是在一边想着：这些工读生卧虎藏龙，将来的世界一定是他们的天下，他们绝对不会一辈子做店员的。

反过来说，假如一个人连店员都做不好，还能期待他做出什么伟大的事呢?

让我们多一点真心的对待吧！多给别人一个微笑、一点宽容、一些关怀，否则，在商店成为拒绝往来户还不要紧，万一成为人生里被拒绝往来的人，就很可悲了。

莲花汤匙

洗茶碟的时候，不小心打破了一根清朝的古董汤匙，心疼了好一阵子，仿佛是心里某一个角落跌碎一般。

那根汤匙是有一次在金门一家古董店找到的。那一次我们在山外的招待所，与招待我们的军官聊到古董，他说在金城有一家特别大的古董店，是由一位小学校长经营的，一定可以找到我想要的东西。

夜里九点多，我们坐军官的吉普车到金城去。金门到了晚上全面宵禁，整座城完全漆黑了，商店与民家偶尔有一盏烛光的电灯。由于地上的沉默与黑暗，更感觉到天上的明星与夜色有着晶莹的光明，天空是很美很美的灰蓝色。

到古董店时，“校长”正与几位朋友喝茶。院子里堆放着石磨、石槽、秤锤。房子里十分明亮，与外边的漆黑有着强烈的对比。

就像一般的古董店一样，名贵的古董都被收在玻璃柜子里，每日整理、擦拭。第二级的古董则在柜子上排成一排一排。我在那些摆着的名贵陶瓷、银器、铜器前绕了一圈，没见到我要的东西。后来校长带我到西厢去看，那些不是古董而是民间艺术品，因为没有整理，显得十分凌乱。

最后，我们到东厢去，校长说：“这一间是还没有整理的东西，你慢慢看。”他大概已经嗅出我是不会买名贵古董的人，不再为我解说，到大厅里继续和朋友喝茶了。

这样，正合了我的意思，我便慢慢地在昏黄的灯光下寻索检视那些灰尘满布的老东西。我找到两个开着粉红色菊花的明式瓷碗，两个民初的粗陶大碗，一长串从前的渔民用来捕鱼的鱼网陶坠。蹲得脚酸，正准备离去时，看到地上的角落开着一朵粉红色的莲花。

拾起莲花，原来是一根汤匙，茎叶从匙把伸出去，在匙心开了一朵粉红色的莲花。卖古董的人说："是从前富贵人家喝莲子汤用的。"

买古董时有一个方法，就是挑到最喜欢的东西要不动声色、毫不在乎。结果，汤匙以五十元就买到了。

我非常喜欢那根莲花汤匙，在黑夜里赶车回山外的路上，感觉到金门的晚上真美，就好像一朵粉红色的莲花开在汤匙上。

回来，舍不得把汤匙收起来，经常拿出来用。每次用的时候就会想起，一百多年前或者曾有穿绣花鞋、戴簪珠花的少女在夏日的窗前迎风喝冰镇莲子汤，不禁感到时空的茫然。小小如一根汤匙，可能就流转过百年的时间，走过千百里空间，被许多不同的人使用，这算不算是一种轮回呢？如果依情缘来说，说不定在某一个前世我就用过这根汤匙，否则，怎么会千里迢迢跑到金门，而在最偏僻的角落与它相会呢？这样一想，使我怅然。

现在它竟落地成为七片。我把它们一一拾起，端视着不知道要不要把碎片收藏起来。对于一根汤匙，一旦破了就一点用处也没有了，就好像爱情一样，破碎便难以缝补，但是，曾经宝爱的东西总会有一点不舍的心情。

我想到，在从前的岁月里，不知道打破过多少汤匙，却从来没有一次像这一次，使我为汤匙而叹息。其实，所有的汤匙本来都是一块泥土，在它被匠人烧成的那一天就注定有一天会打破。我的伤感，只不过是它正好在我的手里打破，而它正好画了一朵很美的莲花，正好又是一个古董罢了。

这个世界的一切事物都只不过是偶然。一撮泥土偶然被选取，偶然被烧成，偶然被我得到，偶然地被打破……在偶然之中，我们有时误以为是自己做主，其实是无自性的，在时空中偶然的生灭。

在偶然中，没有破与立的问题。我们总以为立是好的，破是坏的，其实不是这样。以古董为例，如果全世界的古董都不会破，古董终将一文不值；以花为例，如果所有的花都不会凋谢，那么花还会有什么价值呢？如果爱情都能不变，我们将不能珍惜爱情；如果人都不会死，我们必无法体会出生存的意义。然而也不能因为破立无端，就故意求破。大慧宗杲曾说："若要径截理会，需得这一念子曝地一破，方了得生死，方名悟入。然切不可存心待破。若存心破处，则永劫无有破时。但将妄想颠倒的心、思量分别的心、好生恶死的心、知见解会的心、欣静厌闹的心，一时按下。"

大慧说的是悟道的破，是要人回到主体的直观，在生活里不也是这样吗？一根汤匙，我们明知它会破，却不能存心待破，而是在未破之时真心地珍陪它，在破的时候去看清："呀，原来汤匙是泥土做的。"

这样我们便能知道僧肇所说的："不动真际为诸法立处。非离真而立处，立处即真也。然则道远乎哉？触事而真。圣远乎哉？体之即神。"

我宝爱于一根汤匙，是由于它是古董，它又画了一朵我最喜欢的莲花，才使我因为心疼而失去真实的观察。如果回到因缘，僧肇也说得很好。他说："物从因缘故不有，缘起故不无，寻理即其然矣。所以然者，夫有若真有，有自常有，岂待缘而后有哉？譬彼真无，无自常无，岂待缘而后无也。若有不自有，待缘而后有者，故知有非真有。有非真有，虽有不可谓之有矣。"

一根莲花汤匙，若从因缘来看，不是真实的有，可是在缘起的那一刻又不是无的。一切有都不是真有，而是等待因缘才有，犹如一撮泥土成为一根汤匙需要许多因缘；一切无也不是真的无，就像一根汤匙破了，我们的记忆中它还是有的。

我们的情感，乃至于生命，也和一根汤匙没有两样，“捏一块泥，塑一个我”，我原是宇宙间的一把客尘，在某一个偶然中，被塑成生命，有知、情、意，看起来是有的、是独立的，但缘起缘灭，终又要散灭于大地。我有时候长夜坐着，看看四周的东西，在我面前的是一张清朝的桌子，我用来泡茶的壶是民初的，每一样都活得比我还久，就连架子上我在海边拾来的石头，是两亿七千万年前就存在于这个世界了。这样想时，就会悚然而惊，感到人的生命是多么薄脆。

我把莲花汤匙的破片丢入垃圾桶，让它回到它来的地方。这时，我闻到了院子里的含笑花很香很香，一阵一阵，四散飞扬。

河的感觉

1

秋天的河畔，菅芒花开始飞扬了，每当风来的时候，它们就唱一种洁白之歌，菅芒花的歌虽是静默的，在视觉里却非常喧闹，有时会见到一株完全成熟的种子，突然爆起，向八方飞去，那时就好像听见一阵高音，哗然。

与白色的歌相应和的，还有牵牛花的紫色之歌，牵牛花瓣的感觉是那样柔软，似乎吹弹得破，但没有一朵牵牛花被秋风吹破。

这牵牛花整株都是柔软，与菅芒花的柔软互相配合，给我们的感觉是，虽然大地已经逐渐冷肃了，山河仍是如此清朗，特别是有阳光的秋天清晨，柔情而温暖。

在河的两岸，从被刷洗得几乎仅剩砾石的河滩，虽然有各种植物，却以菅芒花和牵牛花争吵得最厉害，它们都以无限的谦卑匍匐前进。偶尔会见到几株还开着绒黄色碎花的相思树，它们的根在沙石上暴露，有如强悍的爪子抓入土层的深处，比起牵牛花，相思树高大得像巨人一样，抗衡着沿河流下来的冷。

河，则十分沉静，秋日的河水浅浅的、清澈的在卵石中穿梭，有时流到较深的洞，仿佛平静如湖。

我喜欢秋天的时候到砾石堆中捡石头，因为夏日在河岸嬉游的人群已经完全隐去，河水的安静使四周的景物历历。

河岸的卵石，有一种难以言喻之美。它们长久在河里接受刷洗，比较软弱的石头已经化成泥水往下游流去，坚硬者则完全洗净外表的杂质，在河里的感觉就像宝石一样。被匠心磨去了棱角的卵石，在深层结构里的纹理，就会像珍珠一样显露出来。

我溯河而上，把捡到的卵石放在河边有如基座的巨石上接受秋日阳光的曝晒，准备回来的时候带回家。

连我自己都不能确知，为什么那样地爱捡石头，这里面一定有什么原因还没有被探触到。有时我在捡石头突然遇到陌生人，会令我觉得羞怯，他们总用质疑的眼光看着我这异于常人的举动。或者当我把石头拾回，在庭院前品察，并为之分类的时候，熟识的乡人也会以一种似笑非笑的眼光看我，一个人到了中年还有点像孩子似的捡石头，连我自己也感到迷思。

那不纯粹是为了美感，因为有一些我喜爱的石头禁不起任何美丽的分析，只是当我在河里看到它时，它好像漂浮在河面，与别的石头都不同。那感觉好像走在人群中突然看见一双仿佛熟识的眼睛，互相闪动了一下。

我不只捡乡间河畔的石头，在国外旅行时，如果遇到一条河，我总会捡几粒石头回来作纪念。例如有一年我在尼罗河捡了一袋石头回来摆在案前，有人问起，我总说："这是尼罗河捡来的石头。"那人把石头来回搓揉，然后说："尼罗河的石头也没有什么嘛！"

石头捡回来，我很少做处理，只有一次是例外，我在垦丁海岸捡到几粒硕大的珊瑚礁石，看出它原是白色的，却蒙上灰色的风尘，我就用漂白水泡了三天三夜，使它洁白得像在海底看见的一样。

我还有一些是在沙仑淡水河口捡到的石头，是纯黑的，隐在长着虎苔的大石缝中，同样是这岛上的石头，有的纯白，有的玄黑，一想到，就觉得生命颇有迷离之感。

我并不像一般的捡石者，他们只对石头里浮出的影像有兴趣，例如石上正好有一朵菊花、一只老鼠，或一条蛇，我的石头是没有影像的，它们只是记载了一条河的某些感觉，以及我和那条河相会面的刹那。但偶尔我的石头会出现一些像云、像花、像水的纹理，那只是一种巧合，让我感觉到石头在某个层次上是很柔软的，这种坚强中的柔软之感，使我坚信，在最刚强的人心中，我们必然也可看见一些柔软的纹理，里面有着感性与想象，或者梦一样的东西。

在我的书桌上、架子上，甚至地板上到处都堆着石头，有时在黑夜开灯，觉得自己正在河的某一处激流里，接受生命的冲刷。

那样的感觉好像走在人群中突然看见一双仿佛熟识的眼睛，互相闪动了一下。

2

走在人群中看见熟识的眼睛，互相的闪动，常常让我有河的感觉。

在最繁华的忠孝东路，如果我回来居住在台北的时候，我会沿着永吉路、基隆路，散步到忠孝东路去。我喜欢在人群里东张西望，或者坐在有玻璃大窗的咖啡店旁边，看着流动如河的人群。虽然人是那样拥挤，却反而给我一种特别的宁静之感，好像秋日的河岸。

在人群的静观，使我不至于在枯木寒灰的隐居生活中沦入空茫的状态。我知道了人心的喧闹，人间的匆忙，以及人是多么渺小有如河里的一粒卵石。

我是多么喜欢观察人间的活动，并且在波动的混乱中找寻一些美好的事物，或者说找寻一些动人的眼睛。人的眼睛是五官中最会说话的，它无时无刻表达着比嘴巴还要丰富的语言，婴儿的眼睛纯净，儿童的眼睛好奇，青年的眼睛有叛逆之色，情侣的眼睛充满了柔情，主妇的眼睛充满了分析与评判，中年人的眼睛沉稳浓重，老年人的眼睛，则有历经沧桑后的一种苍茫。

如果说我是在杂沓的城市中看人，还不如说我在寻找着人的眼睛，这也是超越了美感的赏析的态度，我不太会在意人们穿什么衣裳，或者在意现在流行什么，或者什么人是美的或丑的，回到家里，浮现在我眼前的，总是人间的许许多多眼神。这些眼神，记载了一条人的河流的某些感觉，以及我和他们相会时的刹那。

有时，见到两个人在街头偶然相遇，在还没有开口说话之前，他们的眼神就已经先惊呼出声，而在打完招呼错身而过时，我看见了眼里的轻微的叹息。

我们要了解人间，应该先看清众生的眼睛。

有一次，在统领百货公司的门口，我看到一位年老的婆婆带着一位稚嫩的孩子，坐在冰凉的磨石地板上乞讨，老婆婆俯低着头，看着眼前的一个装满零钱的脸盆，小孩则仰起头来，有一对黑白分明的眼睛，滴溜溜转着，看着从前面川流过的人群。那脸盆前有一张纸板，写着双目失明的老婆婆家里沉痛的灾变，她是如何悲苦地抚育着唯一的孙子。

我坐在咖啡厅临窗的位置，却看到好几次，每当有人丢下整张的钞票，老婆婆会不期然地伸出手把钞票抓起，匆忙地塞进黑色的袍子里。

乞讨的行为并不令我心碎，只是让我悲悯，当她把钞票抓起来的那一刹那，才令我真正心碎了。好眼睛的人不能抬眼看世界，却要装成失明者来谋取生存，更让人觉得眼睛是多么重要。

这世界有许多好眼睛的人，却用心把自己的眼睛蒙蔽起来，周围的店招上写着“深情推荐”“折扣热卖”“跳楼价”“最心动的三折”等，无不是在蒙蔽我们的眼睛，让我们心的贪婪伸出手来，想要占取这个世界的便宜，就好像卵石相碰的水花，这世界的便宜岂是如此容易就被我们侵占？

人的河流里有很多让人无奈的事相，这些事相益发令人感到生命之悲苦。

有一个问卷调查报告，青少年十大喜爱的活动，排在第一位的竟是“逛街”，接下来是“看电影”“游泳”。其实，这都是河流的事，让我看见了，整个城市这样流过来又流过去，每个人在这条河流里游泳，每个人扮演自己的电影，在过程中茫然地活动，并且等待结局。

最好看的电影，结局总是悲哀的，但那悲哀不是流泪或者号啕，只是无奈，加上一些茫然。

有人说，城市人擦破手，感觉上比乡下人擦破手，还要痛得多。那是因为，城市里难得有破皮流血的机会，为什么呢？因为人人都已是一粒粒的卵石，足够的圆滑，并且知道如何来避免伤害。

可叹息的是，如果伤害是来自别人、来自世界，总可以找到解决的方法，但城市人的伤害往往来自无法给自己定位，伤害到后来就成为人情的无感，所以，有人在街边乞讨，甚至要伪装盲者才能唤起一丁点的同情，带给人的心动，还不如“心动的三折”。

这往往让人想到溪河的卵石，卵石由于长久的推挤，它只能互相的碰撞，但河岸的风景、水的流速、季节的变化，永远不是卵石关心的主题。

因此，城市里永远没有阴晴与春秋，冬日的雨季，人还是一样渴切地在街头流动。

你流过来，我流过去，我们在红灯的地方稍作停留，步过人行道，在下一个绿灯分手。

“你是哪里来的？”

“你将要往哪里去？”

没有人问你，你也不必回答。

你只要流着就是了，总有一天，会在某个河岸搁浅。没有人关心你的心事，因为河水是如此湍急，这是人生最大的悲情。

真正通向富足的道路，不是财货的堆积，也不是名利的追求，而是珍惜我们所遇到的每一件东西、每一个人，处处为人着想，布施给别人。

这就是当我们能反观到明净的自性，就能“竹密无妨水过，山高不碍云飞”，

就能在山高的林间，听微风吹动幽微的松树，远听、近闻，都是那样的好！

///

让我们的身口意都回到最素朴之处，听闻来自心海的歌声！

///

没有了五官的尊严，又何以语人生？

我们的耳朵应该用来听好的声音，嘴巴应该用来说温暖的故事，眼睛应该用来看光明的事物，鼻子应该用来闻清雅的气味。这样，我们的身体才能维持清净，我们的心才能与美好的世界感应。

///

人生的大起大落、大是大非，真的是小小的网所织成的。

3

河水是如此湍急，这是人生最大的悲情。

我很喜欢坐船。如果有火车可达的地方，我就不坐飞机，如果有船可坐，我就不搭火车。那是由于船行的速度，慢一些，让我的心可以沉潜；如果是在海上，船的视界好一些，使我感到辽阔；最要紧的是，船的噗噗的马达声与我的心脏和鸣，让我觉得那船是由于我心脏的跳动才开航的。

所以在一开航的刹那，就自己叹息：

呀！还能活着，真好！

通常我喜欢选择站在船尾的地方，在船行过处，它掀起的波浪往往形成一条白线，鱼会往波浪翻涌的地方游来，而海鸥总是逐波飞翔。

船后的波浪不会停留太久，很快就会平复了，这就是“船过水无痕”，可是在波浪平复的当时，在我们的视觉里它好像并未立刻消失，总还会盘旋一阵，有如苍鹰盘飞的轨迹，如果看一只鹰飞翔久了，等它遁去的时刻，感觉它还在那里绕个不停，其实，空中什么也不见了，水面上什么也不见了。

我的沉思总会在波浪彻底消失时沦陷，这使我感到一种悲怀，人生的际遇事实上与船过的波浪一样，它最终是会消失的，可是它并不是没有，而是时空轮替自然的悲哀，如果老是看着船尾，生命的悲怀是不可免的。

那么让我们到船头去吧！看船如何把海水分割为二，如何以勇猛的香象截河之势，载我们通往人生的彼岸，一艘坚固的船是由很多的钢板千锤百炼铸成，由许多深通水性的人驾驶，这里面就充满了承担之美。

让我也能那样勇敢的破浪，承担，向某一个未知的彼岸航去。

这样想时，就好像见到一株完全成熟的菅芒花，突然爆起，向八方飞去，使我听见一阵洁白的高音，唱哗然的歌。

旁边的人全陷入沉默。

我想到曾在上海小住，几乎每天都听到有人跳黄浦江自杀。

去年五六月，我在北京小住，每天看报纸都会看到有高中生受不了升学的压力，以死亡来终结自己的生命。

大陆的自杀新闻通常只有一个小栏，不像台北的报纸常放在头条，因为我读报很细心，这种新闻总是被我看见。

据公布的自杀数字，全国一年有廿五万多，平均不到两分钟就有一个人自杀。

不只广州、上海、北京、台北，全世界的城市都正为自杀在苦恼，但哀痛的是，自杀会与癌症、心血管疾病、地球暖化、圣婴现象一样，一天比一天严重。

防治自杀，使那些不该死、不必死、不能死、不可死的青年活下去，应该是全球总动员的事。

教授问我："林老师有什么秘方呢？"

我没有什么秘方，但我知道如果教育制度不改变，升学的压力如此巨大，真的会有学生活不下去。如何改变制度，调整压力是不可避免的。

至于大学生的恋爱，当然是越开放越好，甚至应该开一些"恋爱学分"或"失恋学分"，列为必修科，使学生知道恋爱美好，也知道美好必然会失去，永远在爱中学习成长。

我说："美好恋爱条件的本质应该是深情的感动、浪漫的情怀、美好的向往，如果学生都能认识这种深情、浪漫与美好，失去也会留下动心的回忆，死亡将不是唯一的选择！"

我们不要责难那些为了爱情、为了前途而自杀的青少年。我就常常自责：正因为我们做得不够好，不够完善，下一代才会不肯活下去！

镜里的阳光

埃及有很多开放给人参观的古迹，由于偏处沙漠，架设电源不便，几乎都没有电灯设备，尤其是深入地底的法老王陵墓，经过几次转折，是完全漆黑的。

埃及人想出一个方法，在入口处架一面大镜把阳光折射进地洞，然后在每一个地道转折口都放一面镜子，阳光依次折射，最后竟能射进深达一千米的地底，不需要任何灯光的辅助，人就能在地层深处目视景物。由于埃及的阳光灿亮，初入的几段地道，光明有如白昼。

这种取得光源来照射地底的方法令人赞叹，多么像佛教所说的“回向”，它给我们三个大的启示：一是唯有光明的心地才能回向，黑暗的心灵是没有能力回向的，所以想回向给别人，必先使自心光明。二是佛菩萨的光明有如光耀的太阳，我们修行的人都是镜子，要把佛菩萨的光明向黑暗折射。三是借佛菩萨的慈悲力、智慧力之回向，真能使最黑暗之处带来光明，而一切菩萨之所行，无不悉数回向众生与菩提。

回向，是“回转”自己的善根功德“趣向”于众生，也就是趣向于佛果，就如同镜子一面承受佛的光明，一面投影照亮黑暗。

“止观”说：“众生无善，我以善施，施众生已，正向菩提。如回声入角，响闻则远，回向为大利。”回向如把声音吹入号角，回向如把声音放入扩音喇叭，回向有如敲钟、鸣鼓、弹琴、吹笛；回向有如扬风、落雨、溪流、天籁；回向有如狮吼、海潮、慈云、慧炬。

回向，是黑暗里点一盏灯。

回向，是雪地中生一盆火。

回向，是风雨夜搭一个棚。

回向呀！是怒涛骇浪中能平静航行的法船。

回向有非常非常之美，回向也有不可思议使自己与世界一起光明的力量。

兵卒无河

小时候，我家搬住到乡镇角角一条破败的巷子中，那里住满了收入很低的人，他们生存的方式是与命运来赌生活。

巷子里的人都咬紧牙关与生活拼斗着，他们虽然不安命，却像一条汇成的河流，安分地让岁月的苦难洗涤着。因此，最引人注目的是一个妓女户的保镖，大家都有意无意地与他保持距离，大人们眼前不说，背后总是嘀咕着："都中年的人了，还干什么保镖？"小孩见到他则像着瘟，远远地龟缩着。

保镖的名字叫旺火，旺火是巷仔内堕落与丑恶的象征。他像一团火烧得巷中人心惶惶，他干保镖的妓女户与巷子离得不远，所以他每天都要在巷里来回几趟。我搬去的第二天就看清他的脸了，脸上的肌肉七缠八交地突起，一半张脸被未刮净的胡楂子盖得青糊糊的，两边下颚骨格外大，好像随时要跃出脸颊外，戳到人身上一般。

在街坊间溜达，我隐约知道旺火。他是年轻时就凭着两膀子力气在妓院中沉沦了，后来娶到妓院中的一个妓女，便带着他那瘦小苍白的女人落厝在我们巷仔中。旺火不干保镖了，便帮人在屠宰场中杀猪。闲暇替左右邻舍干些杂活维生，倒与妻子过了一段平安的日子；连平常严肃的阿喜伯都拈须微笑："真是浪子回头金不换呀！"别人问起他的过去，他只是摇头，抬眼望向远方。

旺火的妻明明瘦得竹枝一样，人们却唤她阿桃，她和旺火倒好似同出一脉，帮人洗衣割稻总是不发一言，她无神的大眼像一对神秘的抽屉把子，有点锈了，但是没有钥匙，打不开来看抽屉中到底有些什么。阿桃即使一言不发地努力工作，流言却不能止，长舌的溪边浣衣的妇人们总传说着她十二岁就入了妓院，攒了十几年才还了院里的债，随了旺火。

他们夫妇便那样与世无争地度日，好似腐烂的老树中移枝新插的柳条，虽在风雨中飘摇着，却也鲜新地活了下来。

旺火勤恳的好脾性并没有维持多久，住巷仔的第三年，阿桃在炎热夏日的一次难产中死了，仿如桃花逢夏凋萎，阿桃留下了一个生满了烂疮的儿子。旺火的火性像冬野时躺在炉火的炭忽然遇见干帛，猛烈地焚烧，镇里人只有眼睁睁地看那团火爆烈开来。

旺火将家中能售的器物全部变卖，不能卖的都被他捶成粉碎，然后用一具薄棺就乱葬了他的妻子。

旺火更失神了，他居住的那间小小瓦屋不时传来碰碰撞撞的声音，还有小儿尖厉的长啼，他胡乱地喂养他那克死娘亲的苦命的孩子。他很久没有在镇上露面，人们也只在走过那间屋时张脑探头一番，而后议论纷纷地离开。

有人说：他那屋壁都要被捶穿了。

有人说：他甚至摔着那生养不满一月的儿子。

也有人说：他已经瘦得不成人形了。

但是最惊人的消息是：旺火又回到妓女户去了。

“到底是干不了三天良民哩！”阿喜伯也说。

几个月后，旺火出现了！他仍然一味地沉默不语，人们常常看他低着头匆匆穿过街道，直到夜色深垂才回转家里，像和镇里人没有丝毫关系，他踱着他黑夜的道路，日复一日。

旺火那又摔又打，只喂他子母牌代奶粉的儿子竟奇迹似的像吸取了母亲魂魄般地活存下来，小孩儿长着奇特的八字眉，小小的三角脸，由于他头上长满了棋子般大小的圆状斑疮，人们都叫他“棋子”，日久，竟成了他的名姓。

棋子在那样悲苦的景况下，仍一日一日地长大。

可是棋子是他阿爸旺火的噩梦，由于他的降临，旺火失去了他的妻，乡下人认为这个害死亲娘的孩子一定是个恶孽，我看到棋子时，他身上总是结满了鞭打的痕迹，每次旺火的脾气旺了，便劈头劈脑一阵毒打，棋子则抱头在地上翻滚，以减轻鞭抽的痛楚。

有一回棋子偷了旺火放在陶瓮里的十块钱去买冰，被旺火发现了。

“你这个囝仔，你老母给你害死了，你还不甘心，长得一只蟾蜍样子不学好，你爸今天就把你打死在妈祖庙前。”旺火一路从巷子咒骂着过去，他左手提着被剥光成赤条条的棋子，右手拿着一把竹扫帚，小鸡一样被倒提着的棋子只是没命地号哭，好奇的镇人们跟随他们父子，走到妈祖庙前的榕树下。

旺火发了疯一样，“干你娘，干你娘！”地咒骂着，他从腰间抽出一条绑猪的粗麻绳将棋子捆系在树上，棋子极端苍白的皮肤在榕荫中隐泛着惨郁的绿色，无助地喑哑地哭着。旺火毫不容情地拿起竹扫帚啪嗒一声抽在他儿子的身上，细细的血丝便渗漫出来。

“干你娘，不知道做好人。”“啪”又打下一帚。

竹扫帚没头没脑地抽打得棋子身上全红肿了。

好奇地围观的人群竟是完全噤声，心疼地看着棋子，南台湾八月火辣的骄阳从妈祖庙顶上投射进来，燥烤得人汗水淋漓，人们那样沉默地静立着，眼看旺火要将他儿子打死在榕树上。我躲在人群中，吓得尿水沿着裤管滴淌下来。

霎时间，棋子的皮肤像是春耕时新翻的稻田，已经没有一块完好。

“乓！乒！”

两声巨响。

是双管猎枪向空发射的声音，所有的人都回转身向庙旁望去。连没命挥着竹扫帚的旺火也怔住，惊惶地回望着。

我看见刚刚从山上打猎回来的爸爸，他穿着短劲的猎装，挟着猎枪冲进场子里来，站在场中的旺火呆了一阵子，然后又回头，无事般地举起他的竹扫帚。

“不许动！你再打一下我就开枪。”爸爸喝着，举枪对着旺火。

旺火不理，正要再打。

“乓！乒！”双管猎枪的两颗子弹正射在旺火的脚下，扬起一阵烟尘。

“你再打一下你儿子，我把你打死在神明面前。”爸爸的声音冷静而坚决。

旺火迟疑了很久，望着静默瞪视他的人群，持着竹扫帚的手微微抖动着，他怨愤地望着，手仍紧紧握着要抽死他儿子的那把竹扫帚。

“你走！你不要的儿子，妈祖要！”

旺火铁青着脸，仍然抖着。

“乓！乒！”爸爸又射了一枪，忍不住吼叫起来：“走！”

旺火用力地投下他的竹扫帚，转身硬邦邦地走了，人群惊魂甫定地让出一条路，让他走出去。

看着事件发生的人群围了过来，帮着爸爸解下了奄奄一息的棋子，许多妇人忍不住泪流满面地号哭起来。爸爸一手抱着棋子，一手牵着我踩踏夕阳走回家，他的虎目也禁不住发红，说：“可怜的孩子。”

棋子在我们家养伤，我们同年，很快地成了要好的朋友，他不敢回家，一提到他父亲就全身打哆嗦。棋子很勤快，在我家烧饭、洗衣、扫地、抹椅，并没有给我们添麻烦，但是我也听过爸妈私下对话，要把棋子送回家去，因为“他总是人家的儿子，我们不能担待他一辈子的”。

棋子也知道这个事实，有一次，竟跪下来求爸爸：

“阿伯，要我做什么都可以，千万别送我回家。”

爸爸抚着他的肩头说：“憨囝仔，虎毒不食子，只要不犯错，旺火不会对你怎样的。”

该来的终于来了。

初冬的一个夜晚，旺火来了，他新剃着油光的西装头，脸上的青胡楂刮得干干净净，穿着一件雪一样的白衬衫，看起来十分滑稽。他语调低软地求爸爸让他带儿子回去，并且拍着雪白的胸膛说以后再也不打棋子。

棋子畏缩地哭得很伤心，旺火牵着他步出我们的家门时，他一直用哀怨的眼神回望着我们。

天气凉了，一道冷风从门缝中吹袭进来。

爸爸关门牵我返屋时长叹了一口气！

“真是命呀！”

棋子的命并没有因为返家而改变，他暴戾的父亲仍然像火一样猛烈炙烧他的心灵与肉体，棋子更沉默无语了，就像他死去的母亲一样，终日不发一言。

才六岁，旺火便把他带到妓院去扫地抹椅、端脸盆水了。

偷闲的时候，棋子常跑到我家玩，日久我们竟生出兄弟一般的情感。我有许多玩具棋子很喜欢，简直爱不忍释；可是我要送他时，他的脸上又流出恐惧的神色，他说：“我阿爸知道我跑到你家，会活活打死我。”那么一个小小的棋子，却背着生命沉重的包袱，仿佛是一个走过沧桑的大人了。

偶尔棋子也会对我谈起妓院的种种，那些事故对于才六岁的我，恰如是天的远方。那是一个颓落萎靡的地方，许多人躲在暗处生活着，又不知道为什么活着。棋子看到那些妓女们会想起他歹命的母亲，因为街坊中一直传言着，棋子的母亲是被他克死的，有一次他竟幽幽地诉说起：“为什么死的是我阿母，不是我？”

当我们一起想起那位苍白瘦小的妇人，常常无言以对，把玩耍的好兴致全部赶走了。

有时候我偷偷背着父母，和棋子到妓院中去，看那些用厚厚脂粉构筑起来的女人，她们排列着坐在竹帘后边，一个个呆滞而面无表情，新来的常流露出一种哀伤幽怨的神色。但是一到郎客掀开帘子走进来时，妓女们的脸上即刻像盛开的塑胶花一样笑了起来，那种瞬即变化的表情，令我暗暗惊心。

我印象最深的是，那家妓院的竹帘子上画了两只色彩斑斓的鸳鸯，郎客一进来，那一对鸳鸯支离破碎地荡开，发出窸窸窣窣的声响，要很久以后它才平静下来，一会儿又被惊飞。我常终日坐在妓院内的小圆椅上看那对分分合合的鸳鸯——也就在那样幼小的年岁里我已惊醒到，妓院的女子也许就像竹帘上荡来荡去、苦命的鸳鸯呀！

七岁的时候，棋子苦苦地哀求旺火让他去上学，连一学期四十元的学费都要挣扎半天才得到。

棋子终于和我一起去上一年级，他早上上学，下午和晚上仍到妓院去帮忙，上学非但没有使他快乐，反而让他堕进生命最苦难的深渊。旺火给他的工作加倍了，一生气，便是祖宗十代的咒骂：

“我干你老母，我们张家祖公仔十八代没有一个读书，你祖公烧好香，今天你读书了，有板了，像一只蟾蜍整日窝蹲着，什么事也不干，吃饭、读书，读我一个烂鸟！”

棋子这时要用一块一块柴火烧妓女户全户的热水，端去让一群人清洗肮脏丑陋的下身，他常弄得满身烟灰，像是刚自地底最深层爬出来的矿工，连妓女们也说，眉头深结的棋子顶像他已亡故的母亲。

也不知道为什么，棋子与我都疯也似的爱上下棋，每当妓女户收工，旺火又正巧出去酗酒的时候，我们便找到较隐蔽的地方偷偷厮杀半天，往往正下到半途，棋子想到旺火便神色恐怖地飞奔回去，留下一盘残局。

我们玩着一种叫作“暗棋”的游戏，就是把棋子全部倒盖，一个个翻仰，然后按着翻开的棋子去走，不到全翻开不能知道全盘的结果，任何人都不知道最后的结果。

长大后我才知道，暗棋正像一则命运的隐喻，在起动之初，任谁也料不到真正的结局。

棋子在妓院中工作的事实，乡人也不能谅解，连脾气最好为人素所敬仰的阿喜伯也歪着嘴角：“这颗扫把星，克死伊老母，将来恐怕也会和他阿爸一模一样，干那种替妓女出气的保镖呢！”人们也习惯了棋子的悲苦，看到被打得满地乱滚的棋子如同看着主人鞭打他的狗一般，不消瞥看一眼。

学校里的孩子也和大人一样世故，每当大家正玩得高兴，见到棋子便电击一般，戛然而止。棋子也抗拒着他们，如同抗拒某种人生。

一天午后，棋子趁旺火午睡，妓女们休闲时跑来找我，一起到暗巷中摊开纸来下棋。

“我想要逃走。”棋子说。

“逃走？”我有点惊惶。棋子拉开他左手的衣袖，叫我看他伤痕满布的手臂，那只瘦弱的手上交缠着许多青紫色的线条，好像葡萄被吃光后的藤子，那样无助空虚地向外张开脉络，他用右手轻轻掩上衣袖，幽幽地叹口气，说：“为什么他那么恨我？”

正当我们眼睛都有些濡湿的时候。

我看见，一只大手不知从哪里伸来，紧紧扣住棋子的衣领向上空提了起来，我不禁尖声惊叫，棋子的脸霎时间像放久了的柚子，缩皱成一团，脸上流露着无助的恐惧，他战栗着。

“干你老母，妓女户无闲得像狗蚁，你闲仙仙跑来这里下棋！”旺火一手提着棋子，一手便乱棒似的打着棋子，棋子流泪沉默着，像是暴雨中缩首的小鸡子，甚至没有一句告饶。

“好！你爱下棋，让你下个粗饱！”旺火咬牙说着，右手胡乱地抓了一把棋子，将一粒粒的棋塞到棋子因恐惧而扭曲的嘴巴中。我听到棋子呕呕的声音，他的嘴裂了，鲜血自嘴角点点滴滴地流下来，眼球暴张，旺火的脸也因暴怒而扭乱着，他瞥见我呆立一旁，脸上流过一丝冷笑，说：“干，看啥？也想吃吗？”

我吓得直打抖，便没命地奔回家去唤爸爸，那一幕惊恐的影像却魔影似的追打着我。

爸爸来不及穿上衣，赤着身子跑到暗巷里去。

我们到的时候，只看见满地零零落落的鲜血，旺火和棋子都已经不知去向，我们又跑到旺火的家，只见桌椅零乱，也不知何处去了。

爸爸还不死心，拉着我上妓女户去。

老鸨满脸堆欢地走出来：“哇！林先生，今日是什么风把你吹来了？”

爸爸冷着脸，问：“旺火呢？”

“下午跑出去找他后生，再也没有回来呢！”

“天杀的！”

被怒火焚烧的爸爸牵着我的手又冲跑出来，我们就在镇里的大街小巷穿梭了几回，哪里还有棋子的踪影，我疲累无助地流下了眼泪，爸爸很是心慌：

“哭什么？”

“棋子一定会死的，他吃了一盘棋。”

爸爸又怨恨又焦虑地叹了一口气，带领着我回家，我毫无所知地走着，走着，棋子的苦痛岁月一幕一幕在我脑中放映，我好像有一个预感，再也见不到棋子了。

然后，我便忍不住哭倒在爸爸的怀里。

二十年的漫漫天涯，我进了电影界，并有机会担任副导演的工作，有一次我们要在金山海边拍一场无聊的爱情戏，为了男女主角的殉情，我们安排了一个临时搭起的小屋，每天我就到海边去看那一间用一片一片木板搭盖起来的房子。

快要完成的那一天，我在屋顶上看见一个熟悉的身影，正在烈日的午后勤奋地钉着铁钉，当他抬起头时我看清了那一张小小的三角脸、八字眉，我的心猛然一缩——那不是棋子吗？

“那个留平头的青年叫什么名字？”我踯躅了一下，去见他们的工头。

“阿基仔。”

“他是哪里人？”

“我们搭外景的工人都是临时招募来的，我不知道他是哪里人。”

“他是不是爱下棋？”工头摇摇头，两手一摊，便又去做他的工作了。

我站在旁边端详很久，忍不住抬头高唤了一声：

“棋子！”

年轻人停止手边的工作，用茫然的眼神望了望我，“我……”我的话尚未出口，他又继续做他的工作。

“棋子，我是阿玄，你不认识我了吗？”

“先生，你认错人了。”他脸无表情地说。

“你小时候常和我一起的呀！你爸爸旺火呢？”我热切地怀抱着希望

地说。

“先生，你认错人了。”

他皱眉，冷冷地说。

我不敢再问，只能站得远远的，看那一座脆弱的、随便搭盖起来的外景房子，在薄暮的海风中渐渐成形。

当夜我折腾了一夜，想起日间那一个熟悉的影子，与我幼年时代的影像一贴合，不禁兴念起许多生命的无常，我几乎可以肯定那个脸和那个神情，便是隐埋在我心最深处的棋子。

“那一定是棋子！”

我便在这一句简单的呼喊中惊得每根神经末梢都充血地失眠了。

第二天，我再到外景地去问工头，他说：“伊哦，昨日晚也不知为什么说辞工不做，拿着工钱走了，现在的工人真没办法……”然后他想起什么似的惊诧地问我：“先生，找他有什么事吗？”

“没有，没有，只是问问。”

我心慌地说。

那一刻我知道，棋子将在我的生命中永永远远地消失了。

有情十二帖

前　生

前生，我们也是在这样的溪水畔道别的吧！

要不然，我从山径一路走来，心原是十分平静的，可是我看见这条溪时，心为什么如水波一样涌动起来？周围清冽的空气，使我感到一种不知何处流来的可惊的寒冷。

以溪水为镜，我努力地想知道，这条溪与我有着什么样的因缘？或者是，我如何在溪的此岸，看着你渐去渐远的身影？或者是，同在一岸，你往下游走去，而我却溯源而上？

我什么都照映不出来，因为溪水太激动了。

这已是春天了呀？草正绿着，花正盛开，阳光正暖，溪水为什么竟有清冷而空茫的感觉呢？

想是与久远的前生有着不可知的关系。

在春天的时候，临溪而立，特别能感觉到生命是一道溪流，不知从何流来，不知流向何处。

此刻的我，仿佛是，奔流的河溪中刚刚落下的，一片叶子。

流　　转

在十字路口的古董店临窗的角落，我坐在一张太师椅上，立刻就站起来，因为那张椅子上还留着别人坐过的温度。

从小我就不习惯坐别人坐过的热椅子，宁可站着等那椅子冷了，才落座。尤其古董店的椅子，据说这张椅是清朝的，那美丽的雕花让我知道这不是平民的椅子，它的第一个主人曾经是富有的人吧！

现在，那个富有的人，他的财富必然已经散尽了，他的身体一定也在时空中消亡了，留下这一组椅子，没有哭笑，在午后的阳光中静静的，几乎是睡着一般。

我在古董店转了一圈，好像与时空一起流转，唐朝的三彩马，明代的铜香炉，清朝的瓷器，民初的碗盘，有很多还完美如新。有一张八仙彩，新得还像某一个脸容贞静的妇女一针一针刺绣上去，针痕还在锦上，人却已经远去了，像空气，像轻轻的铜铃声。

在古董店，我们特别能感受时光的无情，以及生命的短暂，步出古董店时我觉得，即使在早春，也应珍惜正在流转的光阴。

山　　雨

看着你微笑着，无声，在茫茫的雨雾中从山下走来，你撑着的花伞，在每一格石阶一朵一朵开上来，三月道旁的杜鹃与你的伞一样有艳红的颜色。在春雨的绵绵里，我的忧伤，像雨里的乱草缠绵在一起，忧伤的雨就下在我的眼中。

眼看你就要到山顶，却在坡道转弯处隐去了，隐去如山中的风景，静默。雨，也无声。

山顶的凉亭里，有人在下棋，因为棋力相当，两个人静静地对坐着，偶尔传来一声“将军”，也在林间转了又转，才会消失。

我看着满天的雨，感觉这阵雨永远也不会停。

你果然没有到山顶上，转过坡道又下山了，我看着你的背影往山下走去，转一道弯就消失了，消失成雨中的山，空茫的山。

山雨不停，我心中忧伤的雨也一如山雨。

这阵雨永远也不会停了！看着满天的雨，我这样想着。

突然听到凉亭里传来一声高扬的：“将军！”

四　月

我最喜欢四月的阳光，四月的阳光不愠不火，透明温润有琉璃的质感。

四月的阳光，使每一朵花都是水晶雕成，在风里唱着希望之歌，歌声五色仿佛彩虹。

四月的阳光，使每一株草都是翡翠繁生，在土地写着明日之诗，诗章湛蓝一如海洋。

在四月的阳光中，我们把冬寒的灰衣褪去，肤触着遥远天际传来的温热，使我想起童年时代，赤身奔跑过四月的田野，阳光就像母亲温暖的怀抱，然后我们跳入还留着去年冬寒的溪里游水。最后，我们带着全身琉璃的水珠躺在大石上，水一丝丝化入空中，我们就在溪边睡着了。

在四月的阳光中，草原、树林、溪流、石头都是净土，至少对无忧的孩子是这样的。所以，不论什么宗教，都说我们应该胸怀一如赤子，才能进入清净之地。

四月还是四月，温暖的阳光犹在，可叹的是我们都不再是赤子了。

石　狮

我们走过生命的原野时，要像狮子一样，步步雄健，一步留下一个脚印。

我们渡过生命的河流之际，要像六牙香象，中流砥柱，截河而流，主宰自己生命的河流与方向。

我们行经生命的丛林小径，要像灰鹿之王，威严而柔和，雄壮而悲悯，使跟随我们的鹿群都能平安温饱。

这些都是佛经的譬喻，是要我们期许自己像狮子一样威猛，像香象一样壮大，像鹿王一样温和庄严。当我们想起这几种动物，真有如自己站在高山顶上，俯视着莽莽的林木与茫茫的草原，也有那样的气派。

狮子是文殊师利菩萨的坐骑，白象是普贤菩萨的坐骑，都是极有威势的护法，尤其狮子更是普遍，连民间一般寺庙都是由狮子来护法的。

今天路过一座寺庙，看到门前的石狮子有不同的表情，几乎是微笑着的，然后我想起每座寺庙前的狮子，虽是石头雕成，每只的表情都有细微的不同。

即使是石狮子，也是有心的，特别是在温馨的五月清晨的微风之中。

欢　喜

黄山谷有一天去拜访晦堂禅师，问禅师说："禅宗的奥义究竟是什么？"

晦堂禅师说："《论语》上说：'二三子，以我为隐乎？吾无隐乎尔。'禅对你们也没有什么隐藏，这意思你懂吗？"

黄山谷说："我不懂。"

然后，两人都沉默了，一起在山路上散步，当时，盛开的木樨花正在开放，香味满山。

晦堂问："你闻到香味了吗？"

"是，我闻到了！"黄山谷说。

"我像这木樨花香一样，没有隐瞒你呀！"禅师说。

黄山谷听了，像突然打开心眼一样开悟了。

是的，这世界从来没有隐藏过我们，我们的耳朵听见河流的声音，我们的眼睛看到一朵花开放，我们的鼻子闻到花香，我们的舌头可以品茶，我们的皮肤可以感受阳光……在每一寸的时光中都有欢喜，在每个地方都有禅悦。

我曾在一个开满凤凰花的城市住了三年，今天看到一株凤凰花开，好像唱着歌一样，使我的眼耳鼻舌身意都洋溢着少年时代的欢喜。

院　子

农村里的秋天来得晚，但真正秋天来的时候是很写意的。

首先感觉到的是终于有黄昏的晚霞了，当河边的微风吹过，我们背着沉重的书包回家，站在家前院子往远山看去，太阳正好把半边天染红；那云红得就像枫叶，仿佛一片一片就要落下来了。于是，我常常站在院子里就呆住了，一直到天边泼墨才惊醒过来。

然后，悬丝飘浮的、带着清冷的秋灯、只照射自己的路的萤火虫，不知道是从河的对岸或树林深处来了，数目多得超乎想象，千盏万盏掠过院子，穿过弄堂，在草丛尖浮荡。有人说萤火虫是点灯来找它前世的情缘，所以灯盏才会那么的凄清闪烁，动人肝肺。

最后，是大人们扇着扇子，坐在竹椅上清喉咙："古早、古早、古早……"说着他们的父亲、祖父一直传说不断忠孝节义的故事，听着这些故事，使我觉得秋天真是温柔，温柔中流着情义的血。我们听故事的那个院子，听说还是曾祖父亲手用石块铺成的。

秋天枫红的云，凄凉的萤火，用传说铺成的院子如今还在闪烁，可惜现在不是秋天，也找不到那个院子了。

有　情

“花，到底是怎么样开起的呢？”有一天，孩子突然问我。

我被这突来的问题问住了，我说：“是春天的关系吧。”

对我的答案，孩子并不满意，他说：“可是，有的花是在夏天开，有的是在冬天开呀！

我说：“那么，你觉得花是怎样开起的呢？”

“花自己要开，就开了嘛！”孩子天真地笑着，“因为它的花苞太大，撑破了呀！”

说完孩子就跑走了，是呀！对于一朵花和对于宇宙一样，我们都充满了问号，因为我们不知它的力量与秩序是明确来自何处。

花的开放，是它自己的力量在因缘里的自然展现，它蓄积自己的力量，使自己饱满，然后爆破，有如阳光在清晨穿破了乌云。

花开是一种有情，是一种内在生命的完成，这是多么亲切呀！使我想起，我们也应该蓄积、饱满、开放，永远追求自我的完成。

炉　香

有一天，一位老太太问赵州从谂禅师：“怎样去极乐世界呢？”

赵州说：“大家都去极乐世界吧！我只愿永远留在苦海。”

我读到这里，心弦震动，久久不能自已，一个已经开悟的禅师，他不追求极乐，而希望自己留在与众生相同的地方，在苦海中生活，这是真实的伟大的慈悲。就好像在蓬花池边，大家都赶来看莲花，经过时脚步杂乱，纸屑满地，而他只愿留下来打扫莲花池。

抬起头来，我看见案前的檀香炉，香烟袅袅，飘去不可知的远方，香气在室内盘绕不息。这烟气是不是也飘往极乐世界呢？可是如果没有香炉的承受，接受火炼，檀香的烟气也不可能飞到远方。

赵州正是要做那一个大香炉，用自己的燃烧之苦来点燃众生虔诚的极乐之向往。

我也愿做烧香的铜炉，而不要只做一缕香。

天　空

我和一位朋友去参观一处数有年代的古迹，我们走进一座亭子，坐下来休息，才发现亭子屋顶上刻着许多繁复、细致、色彩艳丽的雕刻，是人称“藻井”的那种东西。

朋友说：“古人为什么要把屋顶刻成这么复杂的样子？”

我说：“是为了美感吧！”

朋友说不是这样的，因为人哪有那样多的时间整天抬头看屋顶呢！

“那么，是为了什么？”我感到疑惑。

“有钱人看见的天空是这个样子的呀！缤纷七彩、金银斑斓，与他们的珠宝箱一样。”这是我第一次听见的说法，眼中禁不住流出了问号，朋友补充说：“至少，他们希望家里的天空是这样子，人的脑子塞满钱财就会觉得天空不应该只是蓝色，只有一种蓝色的天空，多无聊呀！”

朋友似笑非笑地看着藻井，又看着亭外的天空。

我也笑了。

当我们走出有藻井的凉亭时，感觉单纯的蓝天，是多么美！多么有气派！

“水因有月方知静，天为无云始觉高。”我突然想起这两句诗。

如　水

曾经协助丰臣秀吉统一全日本的大将军黑田孝高，他擅于用水作战，曾用水攻陷了久攻不下的高松城，因此在日本历史上有“如水”的别号，他曾写过《水五则》：

一、自己活动，并能推动别人的，是水。

二、经常探求自己的方向的，是水。

三、遇到障碍物时，能发挥百倍力量的，是水。

四、以自己的清洁洗净他人的污浊，有容清纳浊的宽大度量的，是水。

五、汪洋大海，能蒸发为云，变成雨、雪，或化而为雾，又或凝结成一面如晶莹明镜的冰，不论其变化如何，仍不失其本性的，也是水。

这《水五则》，也就是“水的五德”，是值得参究的，我们每天要用很多的水，有没有想过水是什么？要怎样来做水的学习呢？

要学习水，我们要做能推动别人的，常探求自己方向的，以百倍力量通过障碍的，有容清纳浊度量的，永不失本性的人。

要学习水，先要如水一样清净、无碍才行。

茶　味

我时常一个人坐着喝茶，同一泡茶，在第一泡时苦涩，第二泡甘香，第三泡浓沉，第四泡清冽，第五泡清淡，再好的茶，过了第五泡就失去味道了。

这泡茶的过程时常令我想起人生，青涩的年少，香醇的青春，沉重的中年，回香的壮年，以及愈走愈淡，逐渐失去人生之味的老年。

我也时常与人对饮，最好的对饮是什么话都不说，只是轻轻地品茶；

次好的是三言两语，再次好的是五言八句，说着生活的近事；末好的是九嘴十舌，言不及义；最坏的是乱说一通，道别人的是非。

与人对饮时常令我想起，生命的境界确乎是超越言句的，在有情的心灵中不需要说话，也可以互相印证。喝茶中有水深波静、流水喧喧、花红柳绿、众鸟喧哗、车水马龙种种境界。

我最喜欢的喝茶，是在寒风冷肃的冬季，夜深到众音沉默之际，独自在清静中品茗，杯小茶浓，一饮而尽，两手握着已空的杯子，还感觉到茶在杯中的热度，热，迅速地传到心底。

犹如人生苍凉历尽之后，中夜观心，看见，并且感觉，少年时沸腾的热血，仍在心口。

阳光照在我们身上

我们每天能走过阳光的小径，
是一件多么幸福的事，
能让阳光或温柔
或狂野地照射，
是一件多么开朗的事。

二十世纪三十年代最当红的男明星白云自杀去世了。

当年白云在上海的盛况，据说目前最红的明星秦汉、秦祥林、王冠雄、李小飞加起来都还比不上，我父母那一辈的影迷，一提起白云，总是勾起一些伤感的回忆；谁想到那个时代在银幕上最闪亮的明星，死后竟是黄土一抔，连墓碑都找不到。三十年的年华，把白云从地上最明亮的地方，埋到最黑暗的地下。

白云自杀的同时，我最喜欢的智慧型明星英格丽·褒曼也逝世了，可是两人的身影却是完全不同的景况，褒曼逝世的时候，她的儿女都围绕身边，倍极哀荣。第三天台湾电视公司还播出一个一小时的专辑“英格丽·褒曼的荣耀”，来纪念这位为全世界尊敬的影人。

可是白云呢？白云的逝世在电视里只是一个小小的新闻，更何况是专辑了。当初他为自己取名为“白云”就已经为结局下了断语，他生前有两句话:“生是飘客，死是游魂。”是有着多么深沉寥落的寓意，怪不得一些老演员像葛香亭、欧阳莎菲在他坟前致祭时也免不了老泪纵横。

中国演员老来的处境，总是令我油然地兴起衷感之心，他们不能像西方的演员，终其一生都闪烁着明星的光泽，他们不是恒久的星星，而是瞬息消逝的流云。但是又何尝演员如此,这触及我经常思考的时间问题，时间，对一位曾经光芒万丈的人是一个多么无情的杀手。怪不得白云逝世的时候，一位影剧记者慨乎言之，问起如今当令的年轻演员，他们竟茫然地问起：白云是谁？白云是谁呢？白云千载空悠悠，白云只是在干净的天空中飘过的一朵云吧。它在清晨的旭日中，在黄昏的夕阳里，都会反射出五彩的光泽，但一到了黑夜，再美的云也没有人看见了。

我最喜欢辛弃疾的《破阵子》，这是辛弃疾为纪念当时一位具有军事和经济才华的思想家陈亮，所吟赋出的壮词：

> 醉里挑灯看剑，梦回吹角连营。八百里分麾下炙，五十弦翻塞外声。沙场秋点兵。
>
> 马作的卢飞快，弓如霹雳弦惊。了却君王天下事，赢得生前身后名。可怜白发生。

辛弃疾的词意是美的，在美的背面却有一种对时光流逝的哀伤，我觉得最令人动容的是“赢得生前身后名，可怜白发生”，从这两句词来看白云，实在最贴切不过。多少令人怀念的人物，终也免不了白发生的处境，更糟的是，在辉煌后的寂寞，使一位曾扮演过顾盼自雄的英雄人物，最后在偏远的旅馆仰药自杀。

前几天，两位菲律宾的华裔画家洪救国、王礼博来台湾省，我抽出两天的时间，陪他们到台中去探望老友席德进的墓园，同行的还有画家李锡奇、朱为白，以及席德进的生前知己卢声华。

我们到达大度山花园公墓时，正好是阳光最烈的正午，阳光遍照在墓园上，附近的相思林里传来喧哗的鸟声。席德进的墓园是他生前亲手规划,格局很像中国明朝小小的园林。在墓园里有一座“望乡亭”，颇能见到画家最后的心愿。我站在“望乡亭”的圆门，往山下望去，那里没有画家的故乡，只有栉比鳞次的楼房层层相叠，我们的心情在那一刻都沉默了起来。

席德进曾以高超的画艺，感动过千千万万的心灵，他逝世时也是倍极哀荣。可是在他逝世一周年举行画展会场里，观众却是三三两两冷冷清清，我曾在画展会场坐了一个下午，直到画廊的灯暗了才默默离去，心中浮起的仍是辛弃疾“赢得生前身后名，可怜白发生”两句。

在席德进的墓园里，种了两种他生前最爱的植物，两株凤凰树和三株木棉，经过一年的培植，都已经长得比望乡亭还高了。凤凰依旧，木棉无恙，而我们这位曾享大名的艺术家长眠地下，他的名，他的艺，可叹的在时间冲刷下，成为群众心里一个暗淡的记忆。

离开席德进的墓园，车子往大度山下疾驰，我回头还看见那一株长得特别高的凤凰木，我在想，这一株凤凰花开的时候，年轻一辈的艺术家心中，席德进还能留下什么样的形象呢?

阳光是那样无私地覆盖着我们，而太阳的沉落总是那样无情，不肯为黑夜停留，那些死去的艺术家躺在阴冷黑暗的地下，他们再也不能享受阳光下的喜悦。

在我的档案里，有一帧我为席德进拍的照片。他站在中部大平原怒放的野花群中，鲜明的清晨阳光把他的脸刻成一座明暗分明的塑像，他仰起头来呼吸着阳光，如今，那种情境再也不能重回了。

我们每天能走过阳光的小径，是一件多么幸福的事，能让阳光或温柔或狂野地照射，是一件多么开朗的事，我想说的是，就珍惜阳光照在我们身上的岁月吧，因为阳光不会为我们停留，再伟大的艺术家也留不住它。

第四辑

从容生活，温柔处世

使生命感受到丰盈的，不是欲望的扩张，而是心灵深处的触动；使生命焕发价值的，不是拥有多少财富，而是开发了多深的智慧；使人生充满意义的，不是对某一个目标的奔赴，而是每一步都得到心安与落实。

水晶石与白莲花

在花莲盐寮海边，有一种石头是白色的，温润含光，即使在最深沉的黑暗中，它还会给人一种纯净的光明的感觉。把灯打开，它的美就砰然一响，抚慰人的眼目。把它泡在水里，透明纯粹一如琉璃，不像是人间之石。

听孟东篱谈到这样的石头，我们在夜晚就去到了盐寮海边。在去的路上他说："这种石头被日本人搜购了很多，现在可能找不到了。"等我们到了盐寮，他一一敲开邻居的大门，虽然在夜里九点，但海滨乡间的居民都已经就寝了。听我们说明来意，孟东篱的第一个邻居把家里珍藏的水晶石用双手捧着出来说："只有这些了。"

数一数，他的手里只有八颗石头。

幸好找到了第二个邻居，她用布袋提出一袋来，放在磅秤上说："十公斤，就这么多了。"

然后她把水晶石倒在铺了花布的地板上，哗啦一声，一地的琉璃，我们的惊叹比石头滚地的声音还要哗然。

我一向非常喜欢石头，捡过的石头少说也有数千颗。不过，这水晶石使我有一种低回喟叹的感受，在雄山大水的花莲竟然孕育出许多透明浑圆、没有缺隧的石子，真是令人颤动的呀！

妇人说，从前的海边到处都是这种石头，一天可以捡好几公斤，现在在海边走了一天，只能拾到一两粒，它变得如此稀有，是不可思议的。

疑似水晶的石头原不产在海里,它是花莲深山的蕴藏。在某一个世代，山地崩裂，石块滚落海岸，海浪不断地磨洗、侵蚀、冲刷，使其成为圆而晶明的面目。

疑似水晶的石头比水晶更美，因为它有天然的朴素的风格，它没有凿痕，是钟灵毓秀的孕生，又受过海浪永不休止的试炼。

疑似水晶的石头使人想起白莲花，白莲花是穿过了污泥染着的试探，把至美至香至纯净的花朵高高托起到水面，水晶石是滚过了高高的山顶、深深的海底，把至圆至白至坚的质地轻轻地滑到了海滨。

天地间可惊赞的事物不少，水晶石与白莲花都是；人世里可仰望的人也不少，居住在花莲的证严法师就是。

第一次见到证严法师，就有一种沉静透明如琉璃的感觉，这个世界上有些人不必言语就能给人一种力量，那种力量虽然难以形容，却不难感受。证严法师的力量来自于她的慈悲，还有她的澄澈。佛经里说慈悲是一种“力”，清净也是一种“力”，证严法师是语默动静都展现着这种非凡的力量。

她的身形极瘦弱，听说身体向来就不好；她说话很慢很慢，声音清细，听说她每天应机说法，不得睡眠，嘴里竟生了口疮；她走路很从容、轻巧，一点声音也无，但给人感觉每一步都有沉重的背负与承担；她吃饭吃得很少，可是碗里盘里不会留下一点渣，她的生活就是这样一丝不苟。

有人问她：“师父天天济贫扶病，每天看到人间这么多悲惨世相，心里除了悲悯，情绪会不会被牵动，觉不觉得苦？”

她说：“这就像喜爱爬山的人一样，山路险峻，流血流汗，但他们一点也不觉得辛苦，对不想爬山的人，拉他去爬山，走两步就叫苦连天了。看别人受苦，恨不能自己来代他们受，受苦的人能得到援助，是最令我欣慰的事。”

我想，这就是她的精神所在了。慈济功德会的志业现在已经闻名遐迩，它也是近代中国最有象征性的佛教事业，大家也耳熟能详，不必赘述，我来记记两次访问证严师父时随手记下的语录吧！

“这世间有很多无可奈何的事、无可奈何的时候，所以不要太理直气壮，要理直气和，做大事的人有时不免要求人，但更要有自己的尊严。”

“未来的是妄想，过去的是杂念，要保护此时此刻的爱心，谨守自己的本分，不要小看自己，因为人有无限的可能。”

“人心乱，佛法就乱，所以要弘扬佛法。人要定，求法的心要坚强。”

“医生在病人的眼里就是活佛，护士就是白衣大士，是观世音菩萨，所以慈济是大菩萨修行的道场。”

“这世界总有比我们悲惨的人，能为别人服务比被服务的人有福。”

“现代世界名医很多，良医难求，我们希望来创造良医，用宗教精神启发良知，以医疗技术来开发良能，这就能创造良医。”

“我一开始创建慈济的时候是救穷，心想一定要很快消灭贫穷，想不到愈救愈多，后来发现许多穷是因病而起的。要救穷，就要先救病，然后才盖了医院。所以，要去实践，才知道众生需要的是什么。”

“不要把阴影覆在心里，要散发光和热，生命才有意义。”

“菩萨精神是永远融入众生的精神，要让菩萨精神永远存在于这个世界，不能只有理论，也要有实质的表现。慈悲与愿力是理论，慈济的工作就是实质的表达，我们希望把无形的慈悲化为坚固的永远的工作。”

“一个人在绝境时还能有感恩的心是很难得的，一个永葆感恩之心付出的人，就比较不会陷入绝境。”

“每一分菩提心，就会造就一朵芳香的莲花。”

“当我决心要创建一座大医院时，一无所有，别人都告诉我那是不可能的，但我有的只是像地藏菩萨般的心，这九个字给我很大的力量：我不入地狱，谁入地狱！”

“我得过几次大病，濒临死亡，我早就觉悟到人的生命不会久长，但每次总是想，如果我突然离开这世界，那么多孤苦无依的人怎么办？”

这都是随手记下来的师父说的话，很像海浪中涌上来的水晶石，粒粒晶莹剔透，令人感动。

师父的实践精神不只表达在慈济功德会这样大的机构，也落实在生活的每一个细节，她们自己种菜，自己制造蜡烛，自己磨豆粉，“静思精舍”，一直到现在都还保有这种实践的精神。甚至这幢美丽素朴的建筑也是师父自己设计的，连屋上的水泥瓦都是来自她的慧心。

师父告诉我从前在小屋中修行，夜里对着烛光读经，曾从一支蜡烛得到了开悟，她悟到：一支蜡烛如果没有心就不能燃烧，即使有心，也要点燃才有意义，点燃了的蜡烛会有泪，但总比没有燃烧的好。

她悟到：一滴烛泪一旦落下来，立刻就被一层结出的薄膜止住，因为天地间自有一种抚慰的力量，这种力量叫“肤”。为了证验这种力量，她在左臂上燃香供佛，当皮被烧破的那一刹那，立即有一阵清凉覆盖在伤口上，那是“肤”。台湾话里，孩子受伤，妈妈会说：“来，妈妈肤肤！”这种力量是充盈在天地之间的。

她悟到：生死之痛，其实就像一滴烛泪落下，就像受伤了，突然被“肤”。

她悟到：这世界无时无刻都在对我们说法，这种说法常是无声的，有时却比有声更深刻。

师父由一支蜡烛悟到的“烛光三昧”，想必对她后来的行事有影响，她说很喜欢烛光的感觉，于是她自己设计了蜡烛，自己制造，并用蜡烛和人结缘。从花莲回来的时候，师父送了我五个“静思精舍”做的蜡烛。

回台北后，我把蜡烛拿来供佛，发现这以沉香为心的蜡烛可以烧十个小时之久，并且烧完了不流一滴泪，了无痕迹，原来蜡烛包覆着一层极薄的透明的膜，那就是师父告诉我的“肤”吧！我站在烧完的烛台前敛容肃立，有一种无比崇仰的感觉，就像一朵白莲花从心里一瓣一瓣地伸展开来。

证严师父的慈济志业，三十余万位投身于慈济的现代菩萨，他们像蜡烛一样燃烧、散发光热，但不滴落一滴忧伤的泪，他们有的是欢欣的菩萨行。

他们在这空气污染、混乱浊劣的世间，像一阵广大的清凉的和风，希望凡是受伤的跌倒的挫败的众生，都能立刻得到“肤肤”，然后长出新的皮肉。

他们以大悲心为油、以大愿为炷、以大智为光，要烧尽生命的黑暗，使两千万人都成为菩萨，使我们住的地方成为净土。

慈悲真是一种最大的力呀！

我把从花莲带回来的水晶石也拿来供佛，觉得好像有了慈济，花莲的一切都可以作为天地的供养，连“花莲”两个字也可以供养，这两个字正好是“妙法莲花”的缩写，写的是一则千手千眼的现代传奇，是今日世界的《观世音菩萨普门品》！

路上捡到一粒贝壳

午后，在仁爱路上散步。

突然看见一户人家院子里种了一棵高大的面包树，那巨大的叶子有如扇子，一扇扇地垂着，迎着冷风依然翠绿，一如在它热带祖先的雨林中。

我站在围墙外面，对这棵面包树十分感兴趣。那家人的宅院已然老旧，不过，在这一带拥有一处平房，必然是亿万的富豪了。令我好奇的是这家人似乎非常热爱园艺，院子里有着许多高大的树木，院子的门则是两株九重葛往两旁生长而在门顶握手，使那扇厚重的绿门仿佛戴着红与紫两色的帽子。

绿色的门在这一带是十分醒目的。我顾不了礼貌的问题，往门隙中望去，发现除了树木，主人还经营了花圃，各色的花正在盛开，带着颜色在里面吵闹。等我回过神来，退了几步，发现寒风还鼓吹着双颊，才想起，刚刚往门内那一探，误以为真是春天了。

脚下有一些裂帛声，原来是踩在一张面包树的扇面上。叶子大如脸盆，却已裂成四片，我遂兴起了收藏一张面包树叶的想法，找到比较完整的一片拾起。意外，可以说非常意外地发现了，树叶下面有一粒粉红色的贝壳。把树叶与贝壳拾起，就离开了那户人家门口。

但是，我已经不能专心地散步了。

冬天的散步，于我原有运动身心的作用，本来在身心上都应该做到无念和无求才好，可惜往往不能如愿。选择固定的路线散步，当然比较易于无念，只是每天遇到的行人不同，不免使我常思索起他们的职业或背景来。幸而城市中都是擦身而过的人，念起念息有如缘起缘灭，走过也就不会挂心了。一旦改变了散步的路线，初开始就会忙碌得不得了，因为新鲜的景物很多，念头也蓬勃，仿佛汽水开瓶一样，气泡兴兴灭灭地冒出来，念头太忙，回到家我都头痛，好像有某种负担。还有一种情况，是很久没有走的路，又去走一次，发现完全不同了。这不同有几个原因，一个是自己的心境改变了，一个是景观改变了，还有一个重要原因是季节更迭了。这使我知道，这个世界是无常的因缘集合而成的，一切可见、可闻、可触、可尝的事物竟没有永久（或只是较长时间）的实体，一座楼房的拆除与重建只是比浮云飘过的时间长一点，终究也是幻化。

我今天的散步，就是第二种，是旧路新走。

这使我在尚未捡面包树叶与贝壳之前，就发现了不少异状。例如，我记得去年的这个时间，安全岛的菩提树叶已经开始换装，嫩红色的小叶芽正在抽长，新鲜、清明、美丽动人。今年的春天似乎迟了一些，菩提树的叶子，感觉竟是一叶未落，老得有一点乌黑，使菩提树看起来承受了许多岁月的压力。发现菩提树一直等待春天，使我也有些着急起来。

木棉花也是一样，应该开始落叶了，却尚未落。我知道，雨降、风吹、叶落、花开、雷鸣、惊蛰都是依时序的缘升起，而今年的春天之缘，为什么比往年来得晚呢?

还看到几处正在赶工的大楼，长得比树快多了，不久前开挖的地基，已经盖到十楼。从前我们形容春雨来时农田的笋子是“雨后春笋”，都市的楼房生长也如雨后春笋一样。这些大楼的兴建，使这一带的面目完全改观，新开在附近的商店和一家超级啤酒屋，使宁静与绿意备受压力。

记忆中最深刻的是路过一家新开幕的古董店，明亮橱窗最醒目的地方摆了一个巨大的白水晶原矿石，店家把水晶雕成一只台湾山猪正在被七只狼（或者狗）攻击的样子。为了突出山猪的痛苦，山猪的蹄子与头部是镶了白银的，咧嘴哀嚎，状极凉慌。标价自然十分昂贵，我一辈子也不能储蓄到与那标价相等的金钱。这么美丽而昂贵的巨大水晶（约有桌面那么大），却做了如此血腥而鄙俗的处理，竟使我生出了巨大怜悯和一丝丝恨意。恨意是由雕刻中的残忍意识而生，怜悯是对于可能把这座水晶买回去的富有的人。其实，我们所拥有和喜爱的事物无不是我们心的呈现而已。

如果我有一块如此巨大的水晶，我愿把它雕成一座春天的花园，让它有透明的香气；或者雕成一尊最美丽的观世音菩萨，带着慈悲的微笑，散放清明的光芒；或者雕几个水晶球，让人观想自性的光明；或者什么都不雕，只维持矿石的本来面目。

想了半天才叫了起来，忘记自己一辈子都不可能拥有这样的水晶，但这时我知道不能拥有比可以拥有或已经拥有使我更快乐。有许多事物，“没有”其实比“持有”更令人快乐。因为许多的“有”，是烦恼的根本，而且不断地追求“有”，会使我们永远徘徊在迷惑与堕落的道路上。幸而我不是太富有，还能知道在人世中觉悟，不致被福报与放纵所蒙蔽；幸而我也不是太忙碌或太贫苦，还能在午后散步，兴趣盎然地看着世界。从污秽的心中呈现出污秽的世界，从清净的心中呈现出清净的世界，人的境况或有不同，若能保有清净的观照，不论贫富，事实上都不能转动他。

看看一个人的念头多么可怕，简直争执得要命，光是看到一块残忍的水晶雕刻，就使我跳跃起一大堆念头，甚至走了数百米完全忽视眼前的一切。直到心里一个声音对我说了一句话才使我从一大堆纷扰的念头中醒来：“那只是一块水晶，山猪或狼只是心的感受，就好像情人眼中的兰花是高洁的爱情，养兰者的眼中兰花总有个价钱，而武侠小说里，兰花常常成为杀手冷酷的标志。其实，兰花只是兰花。”

从念头中惊醒，第一眼就看到面包树，接下来的情景如同上述。拿着树叶与贝壳的我也茫然了。

尤其是那一粒贝壳。

这粒粉红色的贝壳虽然新而完好，但不是百货公司出售的那种经过清洗磨光的贝壳。由于我曾在海边住过，可以肯定贝壳是从海岸上捡来不久，还带着海水的气息。奇特的是，海边来的贝壳是如何掉落到仁爱路的红砖道上的呢？或者是无心的遗落，例如跑步时从口袋里掉出来？或者是有心的遗落，例如是情人馈赠而爱情已散？或者是……有太多的或者是，没有一个是肯定的答案。唯一肯定的是，贝壳，终究已离开了它的海边。

人生活在某时某地，真如贝壳偶然落在红砖道上，我们不知道从哪里、为何、干什么来到这个世界，然后不能明确说出原因就迁徙到这个都市，或者说是飘零到这个陌生之都。

“我为什么来到这世界？”这句话使我在无数的春天中辗转难眠，答案是渺不可知的，只能说是因缘的和合，而因缘深不可测。

贝壳自海岸来，也是如此。

一粒贝壳，也使我想起在海岸居住的一整个春天，那时我还多么年少，有浓密的黑发，怀抱着爱情的秘密，天天坐在海边沉思。到现在，我的头发和爱情都有如退潮的海岸，露出它平滑而不会波动的面目。少年的我还在哪里呢？那个春天我没有拾回一粒贝壳、没有摄过一张照片，如今竟如完全遗失了一样。偶尔再去那个海岸，一样是春天，却感觉自己只是海面上的一个浮沤，一破，就散失了。

世间的变迁与无常是不变的真理，随着因缘的改变而变迁，不会单独存在，不会永远存在，我们的生活有很多时候只是无明的心所映现的影子。因此，我们可以这样说，少年的我是我，因为我是从那里孕育，而少年的我也不是我，因为他已在时空中消失；正如贝壳与海的关系，我们从一粒贝壳可以想到一片海，甚至与海有关的记忆，这粒贝壳竟然是在红砖道上拾到的，与海相隔那么遥远！

想到这些，差不多已走到仁爱路的尽头了，我感觉到自己有时像个狂人，时常和自己对话不停，分不清是在说些什么。我忆起父亲生前有一次和我走在台北街头时突然说："台北人好像狷仔，一天到暗在街仔赖赖趖。"翻成国语是："台北人好像神经病，一天到晚在街头乱走。"我有时觉得自己是狷仔之一，幸而我只是念头忙碌，并没有像逛街者听见换季打折一般，因欲望而狂乱奔走；而且我走路也维持了乡下人稳重谦卑的姿势，不像台北那些冲锋陷阵或龙行虎步的人，带着狂性，显得轻躁。

我尤其不喜欢台北的冬天，不断的阴雨，包裹着厚衣的人在拥挤的街道，有如撞球台的圆球撞来撞去。春天来就会好些，会多一些颜色、多一点生机，还有一些悠闲的暖气。

回到家把树叶插在花瓶里，贝壳放在案前，突然看到桌上的皇历，今天竟是立春了：

"立春：斗指东北为立春，时春气始至，四时之卒始，故名立春也。"

我知道，接下来会有雨水、惊蛰、春分、清明、谷雨，台北的菩提树叶会换新，而木棉与杜鹃会如去年盛开。

一步千金

使生命感受到丰盈的，不是欲望的扩张，而是心灵深处的触动；使生命焕发价值的，不是拥有多少财富，而是开发了多深的智慧；使人生充满意义的，不是对某一个目标的奔赴，而是每一步都得到心安与落实。

一个青年，二十岁的时候，就因为没有饭吃而饿死了。

他到了阎王爷的面前，阎王从生死簿上查出，这个青年应该有六十岁的年寿，他一生会有一千两黄金的福报，不应该这么年轻就饿死。

阎王心想："会不会是财神把这笔钱贪污掉了呢？"于是他把财神叫过来质问。

财神说："我看这个人命格里天生的文才不错，如果写文章一定会发达，所以把一千两黄金交给文曲星了。"

阎王又把文曲星叫来问。

文曲星说："这个人虽然有文才，但是生性好动，恐怕不能在文章上发达，我看他武略也不错，如果走武行会较有前途，就把一千两黄金交给武曲星了。"

阎王再把武曲星叫来问。

武曲星说："这个人虽然文才武略都不错，却非常懒惰，我怕不论从文从武都不容易送给他一千两黄金，只好把黄金交给土地公了。”

阎王再把土地公叫来。

土地公说：“这个人实在太懒了，我怕他拿不到黄金，所以把黄金埋在他父亲从前耕种的田地里，从家门口出来，如果挖一锄头就挖到黄金了。可惜，他的父亲死后，他从来没有挖过一锄头，就那样活活饿死了。”

最后，阎王判了“活该”，然后把一千两黄金缴库。

这是一个流行的民间故事，里面含有非常深刻的寓意：一个人拥有再大的福报和文才武略，如果不肯踏实勤劳地生活，都是无用的。

同时还有另一个寓意是：对于肯去实践的人，每一步、每一锄头都值一千两黄金；如果不去实践，就是埋在最近之处的黄金也看不到啊！

其实，这是再简单不过的道理，从前农业社会的人很容易体会到，实践才是唯一的真理，田里的作物是通过不断耕耘实践才一点一滴长成的。空想，或者理论不管多好，都无助于一粒米的成长。

到了现代社会，由于社会的多元，空想的人逐渐增多了，大家总是希望有什么空隙可以不劳而获，有什么方法可以一步登天，那些老老实实工作的人反而被看成傻瓜，只好继续安贫乐道了。

我认识许多在社会中老老实实过日子的人，他们既不知道股票为何物，也不懂得投资置产，时间久了，看到四周许许多多暴发的人，心里难免感到不平衡，由于不平衡，也就不安稳了。

例如，我们会听到某人一个晚上请一桌筵席就花了三十几万元。

例如，我们会听到某一个富豪请吃春酒，一请五百桌，数百万元一夜就请掉了。

例如，我们会听到某人包了一架飞机，请亲戚朋友到国外旅行，以炫耀自己的财力。

例如，我们会听到某人到酒店喝酒，放一沓千元大钞在桌上，凡是点烟的、送毛巾的、端盘子的，人人有份，一人赏一千元。

例如，我们会在报纸上看到，一些有钱的人吃完饭一起到赌场消遣，每个人身上都有几千万元。

在这个社会上，确实有许多人一夜的花天酒地所挥霍的金钱，正是那些勤劳工作的人一生所能赚到的总和。而可笑的是，那些腰缠万贯的富豪，缴的所得税可能还少过一个职员。

不过，也不必感到悲伤，因为在时间这一点上，是很公平的。花天酒地是一夜，冥想静思也是一夜。花数十万元过一夜，在时间上与听音乐过一夜是平等的，而在心性的快乐与精神的启发上，可能单纯平凡的日子更有益哩。使生命感受到丰盈的，不是欲望的扩张，而是心灵深处的触动；使生命焕发价值的，不是拥有多少财富，而是开发了多深的智慧；使人生充满意义的，不是对某一个目标的奔赴，而是每一步都得到心安与落实。

有钱是很好的，有心比有钱更好。

有黄金是很好的，情感有光芒比黄金更好。

有钻石是很好的，真实的爱比钻石更好。

重如千两的黄金是在生活的每一步里展现的，在眼前的一步，如果没有丰盈的心、细腻的情感、真实的爱，那么再多的黄金也只成为生命沉重的背负。

除了眼前这一步、当下这一念心，过去的繁华若梦，未来的渺如云烟，都是虚妄而不可把握的呀！

猫头鹰人

在信义路上，有一个卖猫头鹰的人，平常他的摊子上总有七八只小猫头鹰，最多的时候摆十几只，一笼笼叠高起来，形成一个很奇异的画面。

他的生意顶不错，从每次路过时看到笼子里的猫头鹰全部换了颜色可以知道。他的猫头鹰种类既多，大小也很齐全，有的鹰很小，小到像还没有出过巢；有的很老，老到仿佛已经不能飞动。

我注意到卖鹰人是很偶然的。一年多前我带孩子散步经过，孩子拼命吵闹，想要买下一只关在笼子里的小猫头鹰。那时，卖鹰的人还在卖兔子，摊子上只摆了一只猫头鹰，卖鹰者努力向我推销说："这只鹰仔是前天才捉到的，也是我第一次来卖猫头鹰，先生，给孩子买下来吧！你看他那么喜欢。"我这才注意到眼前卖鹰的中年人，看起来非常质朴，是刚从乡下到城市谋生活的样子。

我没有给孩子买鹰，那是因为我一向反对把任何动物关在笼子里，而且我对孩子说："如果都没有人买猫头鹰，卖鹰的人以后就不会到山上去捉猫头鹰了。你看，这只鹰这么小，它的爸爸妈妈一定为找不到它在着急呢！"孩子买不成猫头鹰，央求站在前面再看一会儿，正看的时候，有人以五百元买了那只鹰，孩子哇啦一声，不舍地哭了出来。

此后我常常看见卖鹰的人，他的规模一天比一天大，到后来干脆不卖兔子，只卖猫头鹰，订价从五百五十元到一千元左右，生意好的时候，一个月卖掉几十只。我想不通他从何处捕到那么多的猫头鹰，有一次闲谈起来，才知道台湾深山里还有许多猫头鹰，他光是在坪林一带的山里一天就能捕到几只。

他说："猫头鹰很受欢迎咧！因为它不吵，又容易驯服，生意太好了，我现在连兔子也不卖了，专卖鹰。一有空我就到山上去捉，大部分捉到还在巢中的小鹰，运气好的时候，也能捉到它们的父母……"

我劝他说："你别捉鹰了，捉鹰的时间做别的也一样赚那么多钱。"

他说："那不同咧！捉鹰是免本钱稳赚不赔的。"

对这样的人，我也不能再说什么了。

后来我改变散步的路线，有一年多没有见过卖猫头鹰的人。前不久我又路过那一带，再度看到卖鹰者，他还在同一个街角卖鹰，猫头鹰笼子仍然一个叠着一个。

当我看见他时，大大吃了一惊，那卖鹰者的长相与一年前我见到他时完全不同了。他的长相几乎变得和他卖的猫头鹰一样，耳朵上举、头发扬散、鹰钩鼻、眼睛大而瞳仁细小、嘴唇紧抿，身上还穿着灰色掺杂褐色的大毛衣，坐在那里就像是一只大的猫头鹰，只是有着人形罢了。

短短一年多的时间，为什么使一个人的长相完全不同了呢？这巨大的变化是从何而来呢？我努力思索卖鹰者改变面貌的原因。我想到，做了很久屠夫的人，脸上的每道横肉，都长得和他杀的动物一样。

一个人的职业、习气、心念、环境都会塑造他的长相和表情，这是人人都知道的，但像卖猫头鹰的人改变那么巨大而迅速，却仍然出乎我的预想。我的眼前闪过一串影像，卖鹰者夜里去观察鹰的巢穴，白天去捕捉，回家做鹰的陷阱，连睡梦中都想着捕鹰的方法，心心念念在鹰的身上，到后来自己长成一只猫头鹰都已经不自觉了。

我从卖鹰者的面前走过，和他打招呼，他居然完全忘记我了，就如同白天的猫头鹰，眼睛茫然失神，他只是说："先生，要不要买一只猫头鹰？

山上刚捉来的。”

这使我在后来的散步里，想起了三千年前瑜伽行者的一部经典《圣典博伽瓦谭》中所记载的巴拉达国王的故事。

巴拉达国王盛年的时候，弃绝了他的王后、家族和广袤的王国，到森林里去，那是因为他相信古印度的经典，认为人应该把中年以后的岁月用于自觉。

他在森林中过着苦行生活，仅仅食用果子和根菜植物，每日专注地冥想，经过一段时间，他的自我从身中醒觉了过来。有一天他正在冥思，忽然看到一只母鹿到河边饮水，随着又听到不远处狮子的大吼，母鹿大吃一惊，正要逃跑的时候，一只小鹿从它的子宫堕下，跌入河中的急流里，母鹿害怕得全身颤抖，在流产之后就死去了。

巴拉达眼看小鹿被冲向下游，动了恻隐之心，便从河里救起小鹿，把小鹿带在自己身边。他从此和小鹿一起睡觉、一起走路、一起洗澡、一起进食，他对待小鹿就如同对待自己的孩子，自己的心念完全系在小鹿身上。

有一天，小鹿不见了。巴拉达陷入了非常焦躁的意念里，担心着小鹿的安危就像失去了儿子一样，他完全无法冥思，因为想的都是小鹿，最后他忍不住起程去寻找小鹿。在黑暗森林里，他如痴如狂呼唤小鹿的名字，他终于不小心跌倒了，受了重伤。就在他临终的时候，小鹿突然出现在他的身边，就像爱子看着父亲一样看着他。就这样，巴拉达的心念和精神全部集中在小鹿身上，他下次醒来的时候，发现自己成为一头鹿，这已经是他的下一世了。

这是瑜伽对于意念的看法，意念不仅对容貌有着影响，巴拉达因疼爱小鹿，因而沉进了轮回的转动。那么，捕捉贩售猫头鹰的人，长相日益变成猫头鹰又有什么可怪呢？

和朋友谈起猫头鹰人长相变异的故事，朋友说：“其实，变的不只是卖鹰的人，你对人的观照也改变了。卖鹰者的长相本来就那样子，只是习气与生活的濡染改变了他的神色和气质罢了。我们从前没有透过内省，不能见到他的真面目，当我们的内心清明如镜，就能从他的外貌进而进入他的神色和气质了。”

难道，我也改变了吗?

在这个世界上，我们的意念都如在森林中的小鹿，迷乱地跳跃与奔跑，这纷乱的念头固然值得担忧，总还不偏离人的道路。一旦我们的意念顺着轨道往偏邪的道路如火车开去，出发的时候好像没有什么，走远了，就难以回头了。所以，向前走的时候每天反顾一下，看看自我意念的轨道是多么重要呀!

我们不只要常常擦拭自己的心灵之镜，来照见世间的真相；也要常常照照镜子，看看自己的长相与昨日的不同；更要照心灵之镜，才不会走向偏邪的道路。卖猫头鹰的人每天面对猫头鹰，就像在照镜子；我们面对自己俗恶的习气，何尝不是在照镜子呢?

想到这里，有一个人与我错身而过，我闻到栗子的芳香从他身上溢出，抬头一看，果然是天天在街角卖糖炒栗子的小贩。

第五辑

信仰使人清净

落日绣帘卷，亭下水连空。知
君为我新作，窗户湿青红。长
记平山堂上，欹枕江南烟雨，
杳杳没孤鸿。认得醉翁语：山
色有无中。

惜别的海岸

在恒河边，释迦牟尼佛与几个弟子一起散步的时候，他突然停住脚步问：

“你们觉得，是四大海的海水多呢，还是无始生死以来，为爱人离去时所流的泪水多呢？”

“世尊，当然是无始生死以来，为爱人所流的泪水多了。”

弟子们都这样回答。

佛陀听了弟子的回答，很满意地带领弟子继续散步。

我每一次想到佛陀和弟子说这段话时的情景，心情都不免为之激荡，特别是人近中年，生离死别的事情看得多了，每回见人痛心疾首地流泪，都会想起佛陀说的这段话。

不要说生死离别那么严重的事，记得我童年时代，每到寒暑假都会到外祖母家暂住，外祖母家有一大片柿子园和荔枝园，有八个舅舅，二十几个表兄弟姐妹，还有一个巨大的三合院，每一次假期要结束的时候，爸爸来带我回家，我总是泪洒江河。有一次抱着院前一棵高大的椰子树不肯离开，全家人都围着看我痛哭，小舅舅突然说了一句：“你再哭，流的眼泪都要把我们的荔枝园淹没了。”我一听，突然止住哭泣，看到地上湿了一大片，自己也感到非常羞怯，如今，那个情景还时常从眼前浮现出来。

不久前，在台北东区的一家银楼，突然遇到了年龄与我相仿的表妹，她已经是一家银楼的老板娘，还提到那段情节，使我们立刻打破了二十年不见的隔阂，相对一笑。不过，一谈到家族的离散与寥落，又使我们心事重重，舅舅舅妈相继辞世，连最亲爱的爸爸也不在了，更觉得童年时为那短暂分别所流的泪是那么真实，是对更重大的爱别离在做着预告呀！

“会者必离，有聚有散。”大概是人人都懂得的道理，可是在真正承受时，往往感到无常的无情，有时候看自己种的花凋零了、一棵树突然枯萎了，都会怅然而有湿意，何况是活生生的亲人呢？

爱别离虽然无常，却也使我们体会到自然之心，知道无常有它的美丽，想一想，这世界上的人为什么大部分都喜欢真花，不爱塑胶花呢？因为真花会萎落，令人感到亲切。

凡是生命，就会活动，一活动就有流转、有生灭、有荣枯、有盛衰，仿佛走动的马灯，在灯影迷离之中，我们体验着得与失的无常，变动与打击的苦痛。

当佛陀用“大海”来形容人的眼泪时，我们一点都不觉得夸大，只要一个人真实哭过、体会过爱别离之苦，有时觉得连四大海都还不能形容，觉得四大海的海水加起来也不过我们泪海中的一粒浮沤。

我们惜别，但不能不别，这是人最大的困局，然而生命就是时间，两者都不能逆转，与其跌跤而怨恨石头，还不如从今天走路就看脚下，与其被昨日无可换回的爱别离所折磨，还不如回到现在。

唉唉！当我说“现在”的时候，“现在”早已经过去了，现在的不可留，才是最大的爱别离呀！

悬崖边的树

我读初中的时候，成绩不好。由于对课外书及美术的热爱，我的初中生活一直过得迷迷糊糊，好像一转眼就升上初三了。

就在初三刚开始不久，父亲把我叫去，说："像你的这种成绩，我的脸都被你丢尽了，我看你初中毕业不要去高雄参加联考了，你去台南考。"

我当场怔在那里，因为在我居住的乡镇，所有的孩子都是参加高雄联考，去台南考试，无异就是放逐，连在乡镇里的旗美高中也不能考了。

不知道哪里来的勇气，我自己一个人跑到台南去考高中，放榜的时候发现考上一个从未听说过的高中"私立瀛海高中"。

瀛海高中刚成立不久，是超迷你的学校，每一年级只有三个班，整个高中加起来只有三百多人。学校在盐分地带，几乎可以用"寸草不生"来形容，土地因为盐分过高，一片灰白色。学校独立于郊野，四面都是蔗田和稻田。

记得注册时是爸爸陪我去的，他看到那么简陋的校舍和荒凉的景色，大吃一惊，非常讶异地问我："你怎么会考上这种学校？"

由于学生很少，大部分的学生都住校，我也开始了离家的生活。

住在学校认识了许多死党，加上无人管教，我的心就像鸟飞出笼子一样，几乎把所有的时间用来读课外书、画画和写文章。每到假日，就跑到台南市去看电影、逛书店。

我的高中生活大致是快乐的，除了功课以外。学校的功课日渐令我厌烦，赤字一天一天增加，到高一结束时，有一大半的功课都是补考才通过的。

这时，我默默地准备辍学或转学，当我把这想法告诉爸爸，他气得好几天不和我说话，有一天他终于开口了："你再读一学期，真的不行，再转回来吧！"

升上高二，我换了导师，是一位七十岁的老头儿，听说是早年北京大学毕业的，因为在省中退休，转到私校来教。他就是后来彻底改造我的王雨苍老师。

开学不久，他叫我去他家包饺子，然后告诉我："你在报纸上的文章我看过，写得真不错。"这是第一位确定那些文章是我写的老师，以前的老师都以为只是同名同姓的人。

然后，王老师告诉我，他从事教育工作快五十年了，学生的素质差不多一眼就可以看出来。他之所以退而不休，转到私立学校教书，不只是为了兴趣，也是为了寻找沧海遗珠。

吃完师母的饺子告辞的时候，王老师搂着我的肩膀说："你有什么想法，随时可以来找老师谈谈，林清玄，你不要自暴自弃呀！"我从未被老师如此感性地对待，当场就红了眼睛。

接下来就像变魔术一样，我把一部分的心力用在课业上，功课虽然不好，都还在及格边缘。

由于王老师的鼓励，我把大部分心力用在写作上，不仅作品陆续发表在报章杂志上，还连续两次得到全台南市中学作文比赛的第一名，使我加强了对自己的信心，也更确定日后的写作之路。

不管是写作文或周记，或是发表在报上的文章，王雨苍老师总是仔细斟酌修改，与我热心讨论，使我在升学至上的压力中还有喘息的空间，渴望成为作家的梦想是我在高中生活中，犹如大海里的浮木，使我不致没顶,王老师则是和我一起坐在浮木上的人,并且帮我调整了浮木的方向。

在我高中毕业的时候，我不再对前途畏惧了，虽然大学的考试一直不顺利，我知道，我的写作不会再被动摇了。

一直到现在，我只要想起中学生活，王雨苍老师那高大的身影、红润的双颊就会在眼前浮现，想到他最常对我说的:“你一定会成功的，不要自暴自弃呀!”

我不知道自己是不是王老师寻找的沧海遗珠，但我知道好老师正如同悬崖边的树，能挡住那些失足坠落的学生。

现在时空远隔了，老师的灵魂已远，但我反复看到最陡峭的悬崖边，还长着翠绿的大树。

思想的天鹅

有时候我在想，人的思想究竟像什么呢？有没有一种具体形象的事物可以来形容我们的思想？

偶尔，我觉得思想像彩色的蝴蝶，在盛开的花园中采蜜，但取其味，不损色香，而这蝴蝶不能在我们预设的花园中飞翔，它随风翻转，停在一些我们不能考察的花丛中，甚至让我觉得，那蝴蝶停下来时有如一枝花。

偶尔，我觉得思想犹如海洋，广度与深度都不可探测，在它涌动的时候，或者平缓如波浪，或者飞溅如海啸，或者反映蓝天与星光。只是，思想在某些时候会有莫名的力量，那像鱼汛或暖流、黑潮从未知的北方来到，那可能就是被称为“灵感”的东西。

偶尔，我觉得思想像《诗经》中说的“鸢飞戾天，鱼跃于渊”中的鸢或是鱼，上及飞鸟下至渊鱼，无不充满了生命力，无不欢欣悦怡、德教明察。鸢鸟的眼睛是最锐利的，可以在一千米以上的高空，看见茂盛草原中奔跑的一只小鼠；鱼的眼睛则永远不闭，那是由于海中充满凶险。要随时改变位置。

不过，蝴蝶的翅力太弱，生命也太短暂；而海洋则过于博大，不能主宰；鸢呢？鸢太过强猛，欠缺温柔的性质；鱼则过于惊慌，因本能而生活。

思想如果愿意给一个形象，我愿自己的思想像天鹅一样。天鹅的古名叫鹄，是吉祥的鸟，是“燕雀安知鸿鹄之志”中那种两翼张开有六尺长的大鸟。它生长于酷寒的北方，能顺着一定的轨迹，越过高山大河到达南方的温暖之地。它既善于飞翔，也善于游泳；它性情温和，而意态优雅；它善知合群，能互相守望；它颜色分明，非白即黑；它能安于环境，不致过分执着……天鹅有许多好的品性，它的耐力、毅力与气质，都是令人倾倒的。芭蕾舞剧《天鹅湖》中，对情感至死不渝的天鹅，不知道使多少人为之动容。

我愿意自己的思想浩大如天鹅之越过长空，在动荡迁徙的道路上，不失去温和与优雅的气质。更要紧的是，天鹅是易于驯养的，使我不至于被思想牵动，而能主引自己的思想，让它在水草丰美的湖滨自在优游。

据说，驯养天鹅有两个方法：一个是把天鹅的一边翅膀修掉，使它失去平衡不能起飞，它就会安住于湖边；另一个方法是，把天鹅养在一个较小的池塘里，由于天鹅的起飞，必须先在水中滑翔一段路途，才能凌空而去，若池塘太小，它滑翔的路程太短就不能起飞了。从前，欧洲的动物园用前一个方法驯养天鹅，后来觉得残忍，并且展翅的时候丑陋，现在都用后面的方法。

驯养思想的天鹅似乎不必如此，而是确立一个水草丰美的湖泊作为天鹅的家乡，让它既保有平衡的双翼（智慧与悲悯），也让它有广大的湖泊（清白的自性），然后就放心地让它展翅翱翔吧！只要我们知道天鹅是季候之鸟，不管它飞到哪里，它在心灵中永远不会忘记自己的家乡。经过数万里时空，在千灾万劫里流浪之后，有一天，它就会飞回它的家乡。

传说从前科举时代有一段时间，凡是到京城应试的士子都要穿“鹄袍”，译成白话就是要穿“天鹅服”，执事的人只要看见穿白袍的人就会肃然起敬。因为那些穿着白衣的年轻孩子，将来会有许多位至公卿，是不可轻视的。佛教把居士称为“白衣”，称为“素”，也是这个意思。

思想的天鹅也像身穿白袍的士子，纯洁、青春，充满了对将来的热望，在起飞的那一刻不能轻视，因为它会万里翱翔，主宰人的一生。

在我的清明之湖泊，有一只时常起飞的天鹅，我看它凌空而去，用敏锐的眼睛看着世界，心里充满对生命探索的无限热忱。我让那只天鹅起飞，心里一点不操心，因为我知道天鹅有一个家乡，它的远途旅行只是偶然的栖息，它总会飞回来，并以一种优雅温柔的姿势，在湖中降落。

太　阳　雨

对太阳雨的第一印象是这样子的。

幼年随母亲到芋田里采芋梗，要回家做晚餐，母亲用半月形的小刀把芋梗采下，我蹲在一旁看着，想起芋梗油焖豆瓣酱的美味。

突然，被一阵巨大震耳的雷声所惊动，那雷声来自远方的山上。

我站起来，望向雷声的来处，发现天空那头的乌云好似听到了召集令，同时向山头的顶端飞驰奔跑去集合，密密层层地叠成一堆。雷声继续响着，仿佛战鼓频催，一阵急过一阵，忽然，将军喊了一声："冲呀！"

乌云里哗哗洒下一阵大雨，雨势极大，大到数公里之外就听见噼啪之声，撒豆成兵一样。我站在田里被这阵雨的气势慑住了，看着远处的雨幕发呆，因为如此巨大的雷声、如此迅速集结的乌云、如此不可思议的澎湃之雨，是我第一次看见。

说是"雨幕"一点也不错，那阵雨就像电影散场时拉起来的厚重黑幕，整齐地拉成一列，雨水则踏着军人的正步，齐声踩过田原，还呼喊着雄壮威武的口令。

平常我听到大雷声都要哭的，那一天却没有哭，就像第一次被鹅咬到屁股，意外多过惊慌。最奇异的是，雨虽是那样大，离我和母亲的位置不远，而我们站的地方阳光依然普照，母亲也没有要跑的意思。

"妈妈，雨快到了，下很大呢！"

“是西北雨，没要紧，不一定会下到这里。”

母亲的话说完才一瞬间，西北雨就到了，有如机枪掠空，哗啦一声从我们头顶掠过。就在扫过的那一刹那，我的全身已经湿透，那雨滴的巨大也超乎我的想象，绽开来几乎有一个手掌，打在身上，微微发疼。

西北雨淹住我们，继续向前冲去。奇异的是，我们站的地方仍然阳光普照，使落下的雨丝恍如金线，一条一条编织成金黄色的大地，溅起来的水滴像是碎金屑，真是美极了。

母亲还是没有要躲雨的意思，事实上空旷的田野也无处可躲，她继续把未采收过的芋梗采收完毕。记得她曾告诉我，如果不把粗的芋梗割下，包覆其中的嫩叶就会壮大得慢，地里的芋头也长不坚实。

把芋梗用草捆扎起来的时候，母亲对我说：“这是西北雨，如果边出太阳边下雨，叫作日头雨，也叫作三八雨。”接着，她解释说，“我刚刚以为这阵雨不会下到芋田，没想到看错了，因为日头雨虽然大，却下不广，也下不久。”

我们在田里对话就像家中一般平常，几乎忘记是站在庞大的雨阵中，母亲大概是看到我愣头愣脑的样子，笑了，说：“打在头上会痛吧！”然后顺手割下一片最大的芋叶，让我撑着，芋叶遮不住西北雨，却可以暂时挡住雨的疼痛。

我们工作快完的时候，西北雨就停了，我随着母亲沿田埂走回家，看到充沛的水在圳沟里奔流，整个旗尾溪都快涨满了，可见这雨虽短暂，却是多么巨大。

太阳依然照着，好像无视于刚刚的一场雨，我感觉自己身上的雨水向上快速地蒸发，田地上也像冒着腾腾的白气。觉得空气里有一股甜甜的热，土地上则充满着生机。

“这西北雨是很肥的，对我们的土地是最好的东西，我们种田人，偶尔淋几次西北雨，以后风呀雨呀，就不会轻踩，让我们感冒。”田埂只容一人通过，母亲回头对我说。

这时，我们走到蕉园附近，高大的父亲从蕉园穿出来，全身也湿透了："咻！这阵雨真够大！"然后他把我抱起来，摸摸我的光头，说："被雷公惊到否？"我摇摇头，父亲高兴地笑了："哈……金刚头，不惊风、不惊雨、不惊日头。"

接着，他把斗笠戴在我头上，我们慢慢地走回家去。

回到家，我身上的衣服都干了，在家院前我仰头看着刚刚下过太阳雨的田野远处，看到一条圆弧形的彩虹，晶亮地横过天际，天空中干净清朗，没有一丝杂质。

每年到了夏天，在台湾南部都有西北雨，午后刚睡好午觉，雷声就会准时响起，有时下在东边，有时下在西边，像是雨和土地的约会。在台北都城，夏天的时候如果空气污浊，我就会想："如果来一场西北雨就好了！"

西北雨虽然狂烈，却是土地生机的来源，也让我们在雄浑的雨景中，感到人是多么渺小。

我觉得这世界之所以会人欲横流、贪婪无尽，是由于人不能自见渺小，因此对天地与自然的律则缺少敬畏的缘故。大风大雨在某些时刻给我们一种无尽的启发，记得我小时候遇过几次大台风，从家里的木格窗，看见父亲种的香蕉，成排成排地倒下去，心里忧伤，却也同时感受到无比的大力，对自然有一种敬畏之情。

台风过后，我们小孩子会相约到旗尾溪"看大水"，看大水淹没了溪洲，淹到堤防的腰际，上游的牛羊猪鸡，甚至农舍的屋顶，都在溪中浮沉漂流而去。有时还会看见两人合围的大树，整棵连根流向大海，我们就会默然肃立，不能言语。呀！从山水与生命的远景看来，人是渺小一如蝼蚁的。

我时常忆起那骤下骤停、瞬间阳光普照或一边下大雨、一边出太阳的"太阳雨"。所谓的"三八雨"就是一块田里，一边下着雨，另外一边却不下雨，我有几次站在那雨线中间，让身体的右边接受雨的打击、左边接受阳光的照耀。

“三八雨”是人生的一个谜题，使我难以明白，问了母亲，她三言两语就解开这个谜题，她说：“任何事物都有界限，山再高，总有一个顶点；河流再长，总能找到它的起源；人再长寿，也不可能永远活着；雨也是这样，不可能遍天下都下着雨，也不可能永远下着……”

在过程里固然变化万千，结局也总是不可预测，我们可能同时接受着雨的打击和阳光的温暖，我们也可能同时接受阳光无情的曝晒与雨水有情的润泽，山水介于有情与无情之间，能适性地、勇敢地举起脚步，我们就不会因自然的轻踩而得感冒。

在苏东坡的词里有一首《水调歌头》，我很喜欢，他说：

落日绣帘卷，亭下水连空。知君为我新作，窗户湿青红。长记平山堂上，欹枕江南烟雨，杳杳没孤鸿。认得醉翁语：山色有无中。

一千顷，都镜净，倒碧峰。忽然浪起掀舞，一叶白头翁。堪笑兰台公子，未解庄生天籁，刚道有雌雄。一点浩然气，千里快哉风！

在人生广大的倒影里，原没有雌雄之别，千顷山河如镜，山色在有无之间，使我想起南方故乡的太阳雨，最爱的是末后两句：“一点浩然气，千里快哉风！”心里存有浩然之气的人，千里的风都不亦快哉，为他飞舞、为他鼓掌！

这样想来，生命的大风大雨，不都是我们的掌声吗？

拾　　穗

我时常会想起从前在稻田里拾稻穗的一些鲜明的记忆。

在稻田收割的时候，大人们一行行地割稻子，我们做小孩子的跟在后面，把那些残存的掉落的稻子一穗穗地捡拾起来，一天下来，常常可以捡到一大把。

等到收割完成，更穷困的妇女会带她们的孩子到农田拾穗，那时不是一穗一穗，而是一粒一粒了。一个孩子一天可以拾到一碗稻子，一碗稻子就是一碗米，一碗米是两碗粥，如果煮地瓜，就是四碗地瓜稀饭了。

父亲常说:“农田里的稻子再怎么捡，也不会完全干净的。”

最后的那些，就留给麻雀了。

拾穗的经验所给我的启示是，不管我们的田地有多宽广，仍然要从珍惜一粒米开始。

水的大小

每一滴水看来很小，但组成四大洋的是一滴一滴的水，圆融无碍。

大海看来很大，其实也离不开一滴水。

我们呼吸的空气也是如此。我们每吸一口空气，都是大树、小草，或人所吐出来的。我们每吐出一口空气，也都辗转往复，不会失去存在。

若知道我们喝的水不增不减，我们呼吸的空气不净不浊、不沉不没，就比较能了知空性了。

蟑螂游泳

一只蟑螂掉进抽水马桶，在那里挣扎、翻泳，状甚惊惧恐慌。

我把它捞起来，放走，对它说：

“以后游泳的时候要小心哦！”

它称谢而去。

大小是相对而生的。对一只蟑螂，抽水马桶的一小捧水就是一个很大的湖泊了。

吃馒头的方法

永春市场有山东人卖馒头，滋味甚美。

每天散步路过，我总是去买一个售价六元的馒头，刚从蒸笼取出。圆满、洁白，热腾腾的，充满了麦香。

一边散步回家，一边细细地品味一个馒头，有时到了忘我的境地，仿佛走在很广大的小麦田里，觉得一个馒头也让人感到特别的幸福。

小　　小

小小，其实是很好的，饮杯小茶、哼首小曲、散个小步、看看小星小月、淋些小风小雨，或在小楼里，种些小花小木；或在小溪边，欣赏小鱼小虾。

也或许，和小小时候的小小情人在小小的巷子里，小小地擦肩而过，小小地对看一眼，各自牵着自己的小孩。

小小的欢喜里有小小的忧伤，小小的别离中有小小的缠绵。

人生的大起大落、大是大非，真的是小小的网所织成的。

小诗有味

想到苏东坡的两句诗：“高论无穷如锯屑，小诗有味似连珠。”长篇大论就像锯木头的木屑，小小的诗歌就像一连串的珍珠，有味得多了。

“小”往往可以看到更细腻的情感，特别是写细微之心情。陆游有一首好诗《临安春雨初霁》：

世味年来薄似纱，谁令骑马客京华；
小楼一夜听春雨，深巷明朝卖杏花。
矮纸斜行闲作草，晴窗细乳戏分茶；
素衣莫起风尘叹，犹及清明可到家。

这是典型的“轻、薄、短、小”。想想看，如果是在大厦里听大雨，在大街看大男人穿梭车阵卖玉兰花，那是如何来写诗呢？

小儿女有情长之义，大英雄有气短之憾。送给情人的一小朵玫瑰花，其真情有时可比英雄们争斗于一片江山。

“时人见此一枝花，如梦相似。”

抹茶的美学

日本朋友坚持要带我去喝日本茶，我说：“我想，中国茶大概比日本茶高明一些，我看不用去了。”

他对我笑一笑，说：“那是不同的，我在台北喝过你们的工夫茶，味道和过程都是上品，但它在形式上和日本的不同，而且喝茶在台北是独立的东西，在日本不是，茶的美学渗透到日本所有的视觉文化，包括建筑和自然的欣赏。不喝茶你永远不能知道日本。”

我随着日本朋友在东京的大街小巷中穿梭，要去找喝茶的地方，一路上我都在想，在日本留了一些时日，喝到的日本茶无非是青茶或麦茶，能高明到哪里去呢？正沉思间，我们似乎走到了一个茅屋的“山门”，是用木头与草搭成的，非常的简单朴素，朋友说我们喝茶的地方到了。这喝茶的处所日语叫 sukiya，翻成中文叫“茶室”，对西方人来讲就复杂一些，英文把它翻成 abode of fancy（幻想之居），abode of vacancy（空之居），或者 abode of unsymmetrical（不称之居），光看这几个字，让我赫然觉得这茶室不是简单的地方。

果然进到山门之后，视觉一宽，看到一个不大不小的庭园，零落地铺着石块大小不一，石与石间生长着短捷而青翠的小草，几株及人高的绿树也不规则地错落有致。走进这样的园子，人仿佛走进了一个清净细致的世界，远远处，好像还有极细极清的水声在响。

日本的园林虽小，可是在那样小的空间所创造的清净之力是非常惊人的，几乎使任何高声谈笑的人都要突然失声不敢喧哗。

我们也不禁沉默起来，好像怕吵醒铺在地上的青石一样的心情。

茶室的人迎迓我们，进入一个小小玄关式的回廊等候，这是距离茶室还有一条花径，石块四边开着细碎微不可辨的花。朋友告诉我，他们进去准备茶和茶具，我们可以先在这里放松心情。

他说：“你别小看了这茶室，通常盖一间好的茶室所花费的金钱和心血胜过一个大楼。”

“为什么呢？”

“因为，盖茶室的木匠往往是最好的木匠，他对材料的挑选，和手工的精细都必须达到完美的地步，而且他必须是个艺术家，对整体的美要有好的认识。以茶室说来，所有的色彩和设计都不应该重复，如果有一盆真花，就不能用有画花的画，如果有用黑釉的杯子，就不能放在黑色的漆盘上；甚至做每根柱子都不能使它单调，要利用视觉的诱引，使人沉静而不失乐趣；或者一个花瓶摆着也是学问，通常不应该摆在中央，使对等空间失去变化……”

正说的时候有人来请去喝茶，我们步过花径到了真正的茶室，房门约五尺，屋檐处有一架子，所有正常高度的成人都要低头弯腰而入室，以对茶道表示恭敬。那屋外的架子是给客人放下所携的东西，如皮包、雨伞、相机之类，据说往昔是给武士解剑放置之处，在传统上，茶室是和平之地，是放松歇息的地方，什么东西都应放下，西方人叫它“空之居”“幻想之居”是颇有道理的。

茶室里除了地上的炉子，炉上的铁壶，一只夹炭的火钳，一幅简单的东洋画，一瓶弯折奇逸的插花外，空无一物。而屋子里的干净，好像主人在三分钟前扫了十遍一样，简直找不到一粒灰——初到东京的人难以明白为什么这样的大城能维持干净，如果看到这间茶室就马上明了，爱干净几乎是成为一个日本人最基本的条件。而日本传统似乎也偏向视觉美的讲求，像插花、能剧、园林，甚至文学到日本料理几乎全讲究精确的视觉美，所以也只好干净了。

茶娘把开水倒入一个灰白色的粗糙大碗里，用一根棒子搅拌，碗里浮起了春天里松针一样翠的绿色来，上面则浮着细细的泡沫，等到温度宜于入口时她才端给我们。朋友说，这就是“抹茶”了，喝时要两手捧碗，端坐庄严，心情要如在庙里烧香，是严肃的，也是放松的。和中国茶不同的是，它一次要喝一大口，然后向泡茶的人赞美。

我饮了一口，细细地用味蕾品着抹茶，发现这神奇的翠绿汁液苦而清凉，有若薄荷，似有令人轻冽的力量，和中国茶之芳香有劲大为不同。

“饮抹茶，一屋不能超过四个人，否则就不清净。”朋友说，“过去茶道所定下的规矩有上百种，如何倒茶、如何插花、如何拿杓子、拿茶箱、茶碗都有规定，不是专业的人是搞不清楚的，因此在京都有‘抹茶大学’专门训练茶道人才，训练出来的人几乎都是艺术家了。”我听了有些吃惊，光是泡这种茶就有大学训练，要算是天下奇闻了。

日本人都知道“抹茶”是中国的东西，在唐朝时候传进日本，在唐朝以后我们的祖先喝茶就是这种搅拌式的“抹茶”，而且用的是大碗，直到元朝蒙古人入侵后才放弃这种方式，反倒在日本被保存了下来。如今日本茶道的方法基本上来自中国，只是因时日既久融成为日本传统，完全转变为日本文化的习性。

现在我们的茶艺以喝工夫茶为主，回过头来看日本茶道更觉得趣味盎然。但不论中日的茶道，讲的都是平静和自然的趣味，日本茶道的规模是十六世纪时茶，茶道宗师利休所创，曾有人问他茶道是否有神秘之处。他说：

“把炭放进炉子，等水开到适当程度，加上茶叶使其产生适当的味道。按照花的生长情形，把花插到瓶子里，在夏天时使人想到清爽，冬天使人想到温暖。除此之外，茶一无所有没有别的秘密。”

这不正是我们中国人的“平常心是道”吗？只是利休可能想不到，后来日本竟发展出一百种以上的规矩来。

在日本的茶道里，大部分的传说都是和古老中国有关的，最先的传说是说在公元前五世纪时，老子的一位信徒发现了茶，在函谷关口第一次奉茶给老子，把茶想成是“长生不老药”。

普遍为日本人熟知的传说，是禅宗初祖达摩从天竺东来后，为了寻找无上正觉，在少林寺面壁九年，由于疲劳过度，眼睛张不开，索性把眼皮撕下来丢在地上。不久，在达摩丢弃眼皮的地方长出一棵叶子又绿又亮的矮树。达摩的弟子便拿这矮树的叶子来冲水，产生一种神秘的魔药，使他们坐禅的时候可以常保持觉醒状态，这就是茶的最初。

这真是个动人的传说，虽然无稽却有趣味，中国佛教禅宗何等大能，哪里需要借助茶的提神才能寻找无上的正觉呢？但是它也使得日本的茶道和禅有极为深厚的关系，过去，日本伟大的茶师都是修习禅宗的，并且以禅宗的精神用到实际生活形成茶道——就是自然的、山林的、野趣的、宁静的、纯净的、平常的精神。

另外一个例子可以反映这种精神，像日本茶室大小通常是四席半大，这个大小是受到《维摩经》的一段话影响而决定的：《维摩经》记载，维摩诘居士曾在同样大的地方接待文殊师利菩萨和八万四千个佛弟子，它说明了对于真正悟道的人，空间的限制是不存在的。

我的日本朋友说：“日本茶道走到最后有两个要素：一个是微锈、一个是朴拙，都深深影响了日本的美学观，日本的金器、银器、陶瓷、漆器，甚至大到庭园、建筑都追求这样的趣味。说到日本传统的事物，好像从来没有追求明亮光灿的东西，唯一的例外，大概是武士的刀锋吧！”

日本美学追求到最后，是精密而分化，像是京都最有名的苔寺“西方寺”，在五千三百七十坪的面积上，竟种满了一百二十种青苔，其变化之繁复，差别之细腻，真是达到了人类视觉感官的极致——细想起来，那一百二十种的青苔的变化，不正是抹茶上翡翠色泡沫的放大照片吗？

我们坐在“茶室”里享受着深深的安静，想到文化的变迁与流转，说不定我们捧碗而饮正是唐朝。不管它是日本的，或中国的，它确乎能使人有优美的感动，甚至能听到花径青石上响过来的足声，好像来自遥远的海边，而来的那人羽扇纶巾、青衫蓝带，正是盛唐衣袂飘飘的文士——呀！我竟为自己这样美的想象而惊醒过来，而我的朋友双眼深闭，仿佛入定。

静到什么地步呢？静到阳光穿纸而入都像听到沙沙之声。

我们离开的时候才发觉整整坐了四个小时，四小时只是一瞬，只是达摩祖师眼皮上长出千千亿亿叶子中的一片罢了。

最可怕的鬼故事

读书的时候，住在宿舍，最喜欢大家聚在一起讲鬼故事。

有一次，把灯熄了，点蜡烛，规定每个人讲一则听过的最恐怖的鬼故事。

那时是盛暑，讲到最后，讲的人汗毛竖起，听的人冷汗直冒。

最后轮到姓廖的同学，他脸色铁青，颤抖地说："刚刚你们说故事的时候，我看见你们说的鬼就站在你们后面！"他一说完，大家惨叫一声，全逃出门去。

从那时起，我就不再讲或听鬼故事了。

我们的耳朵应该用来听好的声音，嘴巴应该用来说温暖的故事，眼睛应该用来看光明的事物，鼻子应该用来闻清雅的气味。这样，我们的身体才能维持清净，我们的心才能与美好的世界感应。

好花开放吧！

让小鸟歌唱吧！

让美丽的雪花落下吧！

让灿烂的阳光照射吧！

让我们的身口意都回到最素朴之处，听闻来自心海的歌声！

蜜　事

大岗山是佛教圣地，有许多雄伟的佛寺。大岗山也种了许多水果，尤以荔枝、龙眼为多，所以它也是有名的水果产地。

但它最有名的不是佛寺，也不是水果，而是蜂蜜。大岗山所出产的蜂蜜，因为是由龙眼花与荔枝花所酿成的，又生产于最炎热的夏季，格外地清凉芳醇，不仅扬名于邻近地区，甚至闻名国外。

大岗山的荔枝蜜、龙眼蜜的闻名带来的第一个影响，就是附近地区所有的蜜，全部标上大岗山蜂蜜的名号出售，有时还把外地的蜜运到山上去贩售，以补山上蜂蜜生产的不足。时间一久，大家都不知道哪些蜂蜜才是真正的大岗山的蜂蜜。

第二个影响，是大岗山上的养蜂户，在没有花期的时候，或者开花不盛的时候，就用糖水来喂养蜜蜂。蜜蜂用糖水来酿蜜，过程没有什么不同，但风味却大为不同了。这样久了以后，大岗山蜂蜜的名声就一日不如一日了，观光客到大岗山也不爱买蜂蜜了，因为既怕买到外地冒名的蜂蜜，又怕买到本地用糖水做成的蜂蜜，只好不买。最后，大岗山的蜂蜜落得和别地的蜂蜜没有两样，即使是用最好的龙眼花酿成的蜜，也显不出它的芳香了。

这是“劣币驱逐良币”“恶紫夺朱”最好的例子，也是人因为贪心而自贬身价的典型。

糖水做成的蜜有什么不对吗？蜜蜂自己也认为它是蜜才努力酿造的呀！养蜂的人也认为它是蜜，因为它是蜜蜂所造出来的呀！喝的人也分不清它是不是蜜，它有了蜜的形式，却没有蜜的内容；它有了蜜的结果，却没有蜜的过程。

说它是蜜，它就是蜜，因为它为蜂所造。

说它不是蜜，它就不是蜜，因为它不是百花所酿。

它是人的贪念以蜜蜂为工具而做成的似是而非的东西。

任何纯粹的东西也像这样，加上人的贪念就似是而非了。

蜜的事也是这世界上所有事的缩影，一切的败坏，最可怕的不是恶事，因为恶事我们会防御、会反抗；最可怕的是似是而非，好坏不分——这才是世界败坏的主因。

第六辑

过自己想要的生活

致富之道无他，惜缘、布施而已。惜缘使我们无憾，布施使我们成为真正富有的人。

珍惜一根稻草

有一位很想成为富翁的青年，到处旅行流浪，辛苦地寻找着成为富翁的方法。几年过去了，他不但没有变成富翁，反而成为衣衫破烂的流浪汉。

最后，他想起了寺庙里的观世音菩萨。他知道菩萨无所不能、救苦救难，就跑到庙里，向观世音菩萨祈愿，请求菩萨教他成为富翁的方法。

观世音菩萨被他的虔诚感动了，就教他说："要成为富翁很简单，你从这寺庙出去以后，要珍惜你遇到的每一件东西、每一个人。并且为你遇见的人着想，布施给他。这样，你很快就会成为富翁了。"

青年听了，心想这方法真简单，高兴得不得了，就告辞菩萨，手舞足蹈地走出庙门，一不小心竟踢到石头绊倒在地上。当他爬起来的时候，发现手里粘了一根稻草，正想随手把稻草去掉，猛然想起了观世音菩萨的话，便小心翼翼地拿着稻草向前走。

路上迎面飞来一只蜜蜂，他想起菩萨的话，就把蜜蜂绑在稻草上，继续往前走。

突然，他听见了小孩子号啕大哭的声音，走上前去，看见一位衣着华丽的妇人抱着正大哭大闹的小孩子，怎么哄骗也不能使他停止哭泣。当小孩看见青年手上绑着蜜蜂的稻草时，立即好奇地停止了哭泣。那人想起菩萨的话，就把稻草送给孩子，孩子高兴得笑起来。妇人非常感激，送给他三个橘子。

他拿着橘子继续上路，走了不久，看见一个布商蹲在地上喘气。他想起菩萨的话，走上前去问道:“你为什么蹲在这里，有什么我可以帮忙吗？”布商说:“我口渴呀！渴得连一步都走不动了。”

“那么，这些橘子送给你解渴吧！”他把三个橘子全部送给布商。布商吃了橘子，精神立刻振作起来。为了答谢他，布商送给他一匹上好的绸缎。

青年拿着绸缎往前走，看到一匹马病倒在地上，骑马的人正在那里一筹莫展。他就征求马主人的同意，用那匹上好的绸缎换了那匹病马，马主人非常高兴地答应了。

他跑到小河去提一桶水来给那匹马喝，细心地照顾它，没想到才一会儿，马就好起来了。原来马是因为太口渴才倒在路上。

青年继续骑马前进，正经过一家大宅院前面时，突然跑出来一个老人拦住他，向他请求:“你这匹马，可不可以借我呢？”

他想起观世音菩萨的话，就从马上跳下来，说:“好，就借给你吧！”

那老人说:“我是这大屋子的主人，现在我有紧急的事要出远门。这样好了，等我回来还马时再重重地答谢你；如果我没有回来，这宅院和土地就送给你好了。你暂时住在这里，等我回来吧！”说完，就匆匆忙忙骑马走了。

青年在那座大庄院住了下来，等老人回来，没想到老人一去不回，他就成为庄院的主人，过着富裕的生活。这时他才悟到:“呀！我找了许多年成为富翁的方法，原来这样简单！”

这是一个日本童话，它有深刻的启示意义。生活在这世界上的大部分人，就像故事中的青年，都想成为富有的人，一般人想到有钱就会富有，层次高一点的人除了钱，希望精神上也能富有。

什么样的人才算富有呢？富有的标准不是财货的多寡，而是以能不能布施给别人来衡量的。能给出去的人才算富有，只能私藏为己用的人，即使家财万贯，也算是贫穷的人！

什么样的人才能布施呢？简单地说，就是“惜缘”的人。因为能珍惜每一个因缘，甚至不弃绝和我们擦身而过的人，才使我们能布施而没有一点遗憾，有遗憾就不能说是富有。

因此，真正通向富足的道路，不是财货的堆积，也不是名利的追求，而是珍惜我们所遇到的每一件东西、每一个人，处处为人着想，布施给别人。

台湾有两句俗语，一句是“一根草，一点露”，说明了人的福分是有限的，上天雨露均沾，强求也没有用。还有一句是“草仔枝也会绊倒人”，就是不要轻视小草，小草也能让我们跌伤的。反过来说，一根草的因缘何尝不能帮助我们呢？

季节之韵

在这冬与春的交界，有时候感觉不是一季要变为另一季，而是每天就是一季。尤其是天气如此阴晴不定，昨天还冷得彻人，今天就要换上夏衫，以为从此就是好日子了，明天又是一道冷锋，悄悄地从远方袭来，这时候会想起憨山大师的一首禅诗：

世界光如水月，
身心皎若琉璃，
但见冰消涧底，
不知春上花技。

春上花枝确实是一种“不知”，它仿佛是没有预告的电影，默默地上映，镜头一瞥，就是阳光灿烂，花团锦簇了。

比较长期而固定的剧本，是百货公司打折的招牌。从八折、七折、五折、三折，忽然打到一折了。那打折的不仅是服装，而是一点一点在飘去的冬季。冬季都打到一折了，春天就要从谷底生发出来。

百货公司的彻底打折，是一种季节的预告，也是一种欲望的牵引。其实我们冬季的衣服已经够穿，而今年再也没有机会穿，却因为打折，满足了我们对明年的冬季的一种欲望的期待，许多人因此花很便宜的价钱买下要封存整季（或者更久）的服装。表面上看来，或许今年的冬天不必再添置新装，但到了冬天，我们又会有新的欲望、新的渴求，也因此，打折是永不休止的。

服装的价格与美学，因为打折被混淆了。我们本来应该选择那些精美的服饰，买上少数的几件，却往往因为贪求便宜，买了许多品质不是很好、自己不是很喜欢的东西。由于外在环境的打折，我们对于美的要求也随之打折，心灵也跟着打折了。

其实，对于季节，或者心灵的创发，我们应该有一种决然的态度。也就是把全部的精力投注于某一个焦点，以生命来融入，既不留意去年冬季的残雪，也不对今年的冬天做过度的期待。现在既然是春天了，与其逛街闲置冬装，不如脱下重装，体验一下春天的自由与阳光。因为去年的冬天已不可追回，今年的冬季还寄放在乌何有之乡。

有一个禅的故事可以说明这样的心情：

一粒榕树的种子偶然落在地里，它对自己生命的未来感到迷惑。抬起头来看见一棵百年的榕树——它的母亲正昂然站立在蓝天的背景上。

种子说："妈妈，你怎么能如此伟大地站立在大地之上呢？"

榕树说："这不是伟大，只是一种自然的生长呀！我们在季节中长大，吸收雨露阳光，甚至接受狂风与闪电的考验。每一粒榕树的种子，只要健康就会长大。你也一样呀，孩子！"

种子说："可是，妈妈，为什么我一直都住在如此阴暗潮湿的土地上呢？我要如何才能像您一样挺立呢？"

"首先，我的孩子，你必须要消失，把自己融入泥土里，然后发芽，变成一棵树。有一天你就能像我一样，享受蓝天、阳光与和风呀！"

"妈妈，我要先消失，这多么可怕呀！万一我消失融入泥土，没有长成一棵树，而变成了一点泥土呢？这样太冒险了，还是让我保留一半是种子，一半长成树木吧！"

于是，种子自己做了这样的主张，只选择了一半的消失，妈妈长叹一声。不久，那榕树的种子变成泥土，完全地消失了。

生命的成长、季节的成长也是这样子决然的。一个人如果没有全身心投入于此刻的融入，真实的发芽就变成不可能。放下一半的自我，不会是全然的自我。一株花如果不用全心来凋谢，就没有足够的养分长出树叶；一粒种子如果不全心地来消失，就不会从内在的最深处长出芽来。

因此，我们的生命不能打折！

大慧宗杲禅师也有一首优美的诗来说这种心情：

桶底脱时大地阔，
命根断处碧潭清，
好将一点红炉雪，
散作人间照夜灯。

季节里年年都有冬季，人生中不也是常常面对着寒冷的冬季吗？泉自冷时冷起，峰从飞处飞来。在那无限的轮替之中，有没有一个洞然明白的观照呢？

人间照夜的灯火，来自红炉中雪融的时刻。让我们以一种泰然欣赏的态度走过打折的市场，让我们知道生命的真实之道是如实知见自己的心，没有折扣！

情困与物困

我有一个朋友。爱玉成痴。

他不管在何时何地见到一块好玉，总是想尽一切办法据为己有，偏偏他又不是很富有的人，因此在收藏玉的过程中，吃了许多苦头，有时到了节衣缩食三餐不继的地步。

有一回，他在一个古董商那里见到了一个白玉狮子，据说是汉朝的，不论玉质、雕工全是第一流的。我的朋友爱不忍释，工作也不太做了，每天都跑去看那块玉，看到眼睛都发出红火，人被一团火炙热地燃烧。

他要买那块玉，古董店的老板却不卖，几经折腾，最后，我的朋友牺牲了他所居住的房子，才买下了那个白玉狮子，租住在一个廉价的住宅区里。

他天天抱着白玉狮子睡觉，出门时也携带着，一遇到人就拿出来欣赏，自己单独的时候，也常常抚摸那个洁白的狮子发呆。除了这个狮子，他身上总随时携带着他最心爱的收藏，有时候感觉到一个男子，从口袋里、腰带间、皮包内随时掏出几块玉来，真是不可思议的事。

他玩玉到了疯狂的地步，由于愈玩愈精，就更发现好玉之难求，因为好玉难求，所以投入了全部的家当，幸好他是个单身汉，否则连老婆也会被他当了。到最后，他房子也卖了，车子也没有了，工作也丢了，为什么丢掉工作呢？说来简单：“我要工作三年，才能买一件上好的玉，这样的工作不做也罢了！”

朋友成为家徒四壁的人，每天陪伴他的只有玉了。后来不成了，因为玉不能吃，不能穿，只好把最心爱的玉里等级比较差的卖给别人，每卖一件就落一次泪，说：“我买的时候是几倍的价钱，现在这么便宜让给别人，别人还嫌贵。”

有一次，他租房子的房东逼着要房租。逼得急了，他一时也找不到钱，就把白玉狮子拿了出来，说：“这块玉非常名贵，先押在你这里，等我筹足了房钱，再把它赎回来。”可惜他的房东是个老粗，对他说：“俺要这臭石头干什么！万一不小心打破了，还嫌烦呢！你明天找房钱来，不然我把你丢出去！”

朋友对我讲这个故事的时候，泣不成声。在痴爱者眼中的白玉狮子是无可比拟的，可以用房子去换取，然而在平常百姓的眼中，它再名贵，也只是一块石头。

有一次我在台北故宫博物馆看玉的展览，正好遇到了乡下的一个旅行团，几个乡下的中年妇女看玉看得饶有兴趣，我凑过去，发现他们正围着那个最有名的国宝“翠玉白菜”观看，以下是他们对话的实录：

“哇！真巧，雕得和真的一模一样，上面还有一只肚猴呢！”

“这个刻得那么像，一个大概是值好几千块吧！”

一位看起来是权威人士的女士说：“什么好几千，这一个一定要好几万才买得到！”

我把这个故事说给朋友听，他因此破涕为笑，我说：“你看台北故宫博物院的好玉何止千万块，尤其是小品珍玩的部分，看起来就知道曾有一位爱玉的人在上面花下无数的心血。可是他死的时候不能带走一块玉，我们现在看那些玉也不知道它曾经有过多少主人，对于玉，能够欣赏的人就算拥有了，何必一定要抱在手里呢？佛经里说“智者金石同一观”就是这个道理。

“爱玉固然是最清雅的嗜好，但一个人爱玉成痴，和玩股票不能自拔，和沉迷于逸乐又有什么不同呢？”

朋友后来彻底地觉悟，仍然喜欢着玉，却不再被玉所困，只是有时他拿出随身的几块玉还会感慨起来。

物固然是足以困人，情更比物要厉害百倍。对于情的执迷，为情所困，就叫“痴”,痴是人世间的三毒之一（另外两毒是贪与嗔）。情困到了深处，则是三毒俱现，先是痴迷，而后贪爱，最后是嗔恨以终。则情困是一切烦恼的根源，没有比这个更厉害了。

被情爱所系缚，被情爱所茧结，被情爱所迷惑，被情爱所执染，几乎是人间不可避免的，但当情爱已经消失的时候，自己还系缚茧结自己，自己还迷惑执着自己。这就是真正的情困。

有一次我遇到一位中年妇女，她的朋友都已经儿女成群，可是她没有结婚，没有结婚的理由很简单，因为她忘不了二十年前的一段初恋。

她的初恋有什么不凡吗？为何她不能忘却？其实也没有，只是一个少男一个少女在学校里互相认识了，发誓要长相厮守，最后这个男的离开了，少女独自过着孤单的心灵生活，一过就是二十年。

这么普通的故事，她也说得眼泪涟涟，接着她说：“不过，这也都是过去的事了。”

我说：“在时间上，你的故事已经过去了，实际上一点也没有过去，因为你的心灵还被困居在里面。到什么时候才算过去呢？就是你想起来的时候，充满了包容和宽谅，并且不为它所烦恼，那才是真正过去了。”

“做得到吗？”

“做得到的。在这个世界上为情所沉溺的人固然很多，但从沉溺中走到光明的岸上的人也不少。因为他们救拔了自己，不为情所困。”

我把情说成是沉溺，把救拔说成是走到光明的河岸，是有道理的。我们在祝福一对新人时，最常用的一句话是“永浴爱河”。

“爱河”的譬喻出自《华严经》,《华严经》上说:“随生死流，入大爱河。”为什么说是爱河呢?由于爱欲和河一样具有三种特性，第一种是容易使人沉溺，不易自拔。第二种是爱欲的心就像河水一样，能浸染人最深的地方，例如我们用铁锤击石，石头会碎裂，但不能击碎每一个分子，可是如果我们把石头丢入河里浸染，它可以湿濡石头的任何一个分子,年深日久甚至把它分解成粉末。第三种是难以渡越,不管是贩夫走卒,王公将相，都无法一步跨过河的对岸，同样地，第一步从爱的束缚中走过也非常不易。

我想起《杂阿含经》里记载的一个故事:有一次释迦牟尼对弟子说法。他问弟子:“你们认为是天下四个大海的水多，还是在过去遥远的日子里,因为和亲爱的人别离所流的眼泪多呢?”

释迦牟尼的意思是，从遥远的过去，一生而再生的轮回里，在人无数次的生涯中。一定反复不知多少次遇到过父母的死,那些眼泪累计起来,正不知有多少!在遥远的无数次生涯中，反复不知多少次遇到孩子的死,或者遇到朋友的死啊!或者遇到亲属的死啊!在每一个为所爱者的生死离别含悲而所流的眼泪，纵是以四个大海的海水，也不能相比啊!

这是多么可叹可悲，人因为情苦与情困，不知道流下多少宝贵的泪珠。情困如此，物困亦足以令人落泪。束缚在情与物中的人固然处境堪怜,究竟不能算第一流人物。什么是第一流人物呢?古人说:“岭上多白云,只可自怡悦，不堪持赠君，自是第一流人物。”

第一流的人物看白云虽是至美，却不想拥有，只想心领神会，这是多么高的境界。当我们知道其实在今生今世，情如白云过隙，物则是梦幻泡影，那么还有什么可以抱老以终的呢?

第一流人物犹如一株香花，我们不能说这株花是花瓣香，也不能说是花茎香;我们不能说是花蕊香，也不能说是花粉香;当然不能说是花根香，也不能说是花叶香……因为花是一个整体，当我们说花香时，是整株花的香。困于情物的人,往往只见到自己的那一株花里的一小部分的香,忘失了那株花,到后来失去了自己,因此,这样的人不能说是第一流的人物。

第一流的人物,不在于拥有多少物,拥有多少情,而在于能不能在旧物里找到新的启示,能不能在旧情里找到新的智慧,进出无碍。万一不幸我们正在困局里,那么想一想;如果我是一只蛹,即使我的茧是由黄金打造的,又有什么用呢?如果我是一只蝶,身上色彩缤纷,可以自在地飞翔,则即使在野地的花间,也能够快乐地生活,又哪里在乎小小的茧呢?

可叹的是,大多数人舍不得咬破那个茧,所以永远见不到真正的自我,真正的天空。

除了眼前这一步、当下这一念心，过去的繁华若梦，未来的渺如云烟，都是虚妄而不可把握的呀！

///

我们惜别，但不能不别，这是人最大的困局，然而生命就是时间，两者都不能逆转，与其跌跤而怨恨石头，还不如从今天走路就看脚下，与其被昨日无可换回的爱别离所折磨，还不如回到现在。

///

任何纯粹的东西也像这样，加上人的贪念就似是而非了。

///

天鹅有一个家乡，它的远途旅行只是偶然的栖息，它总会飞回来，并以一种优雅温柔的姿势，在湖中降落。

///

小儿女有情长之义，大英雄有气短之憾。送给情人的一小朵玫瑰花，其真情有时可比英雄们争斗于一片江山。

在偶然之中，我们有时误以为是自己做主，其实是无自性的，在时空中偶然的生灭。

四月的阳光，使每一株草都是翡翠繁生，在土地写着明日之诗，诗章湛蓝一如海洋。

爱 情 树

在中国的传说中，爱情充满来世的向往，有的成为连理枝，有的变作比翼鸟，也有的化作彩蝶双双飞。也许是巧合吧！在希腊罗马的神话中也有许多类似的传说，有的成树，有的化鸟，甚至有的变成交缠的河水流向大海。

尤其是树。不知道为什么希腊罗马神话对树特别钟情。在西方，几乎每一位传说中的大神都有自己的生命树，像众神之王宙斯的树是橡树，女战神雅典娜的树是橄榄树，太阳神阿波罗拥有月桂树，美神维纳斯拥有桃金娘树……其中以阿波罗的月桂树最有名，古今中外的诗人都以戴上月桂编成的“桂冠”为荣。

但是在希腊罗马神话中出现的爱情树却又不同，它们是桑树、月桂树、菩提树和橡树，这些在我们生活中最平常不过的树，都是神话中爱情的象征。

第一棵桑树象征的是匹勒姆斯与西丝比的爱情。据说在很久很久以前，桑树的果实是白色的，现在桑果的红色是被爱情的血染成的。在古老的巴比伦城里住了一对青年匹勒姆斯和西丝比，两家之间只隔了一道墙，却因为家长的反对不能来往。两人每天都隔着墙，从墙缝中倾诉着相思，后来他们终于忍不住炽热的恋情，相约出走，约定在尼纳斯墓前，一棵长满雪白浆果的桑树下相会。

西丝比先到了约会地点，不料却在树中遇到一只刚吃过动物的狮子，她惊恐地逃开了，却在仓促间遗落了身上的斗篷，狮子回去的时候看到斗篷，将它撕得粉碎。等到匹勒姆斯到桑树下时，不见西丝比，看到的是撕碎了、染满动物血迹的斗篷，旁边还留着狮子深深的脚印，匹勒姆斯为之心碎，拾起碎烂的斗篷深深吻着，带到桑树下，含泪对桑树说："现在，你将染上我的鲜血。"他拔剑自刎，鲜血向上喷射，顿时将雪白的桑果染成一片鲜红。

走远的西丝比虽怕狮子，更担心误了爱人的约会，她又悄悄回到桑树下。看到死去的匹勒姆斯和他手中的斗篷，就完全明白了；她拾起爱人滑落的剑，刺进自己的心窝，她的血也染上桑果。从此以后，世上的桑果都成为红色如血一般，为这一对真心相爱的恋人做着永恒的见证。

第二棵月桂树是关于阿波罗和达芙妮的，达芙妮是森林中最美丽的年轻女猎人，因为她绝世的美，使她不喜欢凡间的男子，每天在森林中狩猎。有一天她在林中的时候，被太阳神阿波罗看见了，阿波罗为她的标致和美丽所震慑，并深深地爱上了她。

她发现了阿波罗，以为是凡间的男子，于是拼命奔逃，因为她天生就是猎人，连阿波罗也追不上，阿波罗在背后呼喊："请停下来，看看我是谁，我不是粗野的乡巴佬，也不是牧羊人，而是台尔菲城的主宰阿波罗，而且我深爱着你！"

达芙妮更加没命地奔跑，眼见就要跑到树林尽头的河流时，她浑身感到一片麻木，她的双脚在地上扎了根，树皮裹住她的身体，同时长出树叶，变成一棵月桂树。阿波罗赶到树边时哀伤地说："啊！最美丽的少女，我已失去了你，但是你至少将成为永远属于我的树。"

与前面不同的，有关于菩提树和橡树的神话，有一个圆满的结局。话说爱神丘比特和商业之神墨丘利厌倦了神山的生活，装扮成穷人模样，到处溜达，不论高楼大厦或蓬门荜户，他们都试着敲门乞食和请求留宿，他们总是被傲慢的主人拒于门外，最后他们敲开了一座简陋的茅屋，主人是一对老夫妇斐利蒙和包雪丝。

这一对老夫妇至为穷苦，但是他们热心地为丘比特两人准备食物，请他们吃橄榄、萝卜、鸡蛋、包心菜，甚至仅有的猪肉和酒。

丘比特和墨丘利为他们的仁慈而感动，对他们说："你们做了神的主人，应该得到赏赐，这个蔑视贫穷异乡人的国度应该受到严厉惩罚，但你们可以免于劫数。"他们带老夫妇走出茅屋，只见屋外一片汪洋，土地和居民全被淹没，他们低矮的小茅屋则成为金碧辉煌的宫殿，有纯白的大理石柱和黄金的屋顶。

丘比特说："善良的人，你们想要什么请开口，都会如愿以偿。"老夫妇说："我们已共同生活了很久，让我们永远不要单独活着，并且一起死吧！"

这对老夫妇在宫殿中生活了很久，到他们年岁很老的时候，变成树木，那是菩提树和橡树，长在同一根树干上——这棵树成为贫穷但恒久爱情的象征。

以上是三则希腊罗马神话里有关爱情的树的传说，为什么这些神话不用别的东西做象征，偏偏以树木做象征呢？这个问题非常引人深思。大致而言，早在希腊罗马神话开始时，对人间爱情的恒久性就是怀疑的，因为爱情里有太多"变"的因素，唯有像树一样的自然植物才少有变数。

太阳神阿波罗是何等尊贵，是光之神，也是真理之神，法力无边，即使他如此高贵，都无法用神力赢得平凡女子达芙妮的爱情，只能将她变成一棵树来拥有她——爱情是连神都无能为力的。何况是凡人？

再好的爱情也不能在凡间里永远存在，像斐利蒙和包雪丝老夫妇，他们相爱一世，到了最后，只有化成树才能永恒。其实树也不一定永恒的，终有枯萎的一天。

这样说来，人间的至爱至情到头来无不是悲剧，因为人的生命如此有限，而爱的变数又那么巨大，谁也不能保证能从一而终。“天若有情天亦老，地若有爱地也荒”就是这个道理。法力无边的神是老早就看穿了情爱微薄的基础，就连爱神丘比特也因怀疑妻子的信守一度离开了她。

神话中的许多结论使我们对爱情不免要失望，幸好在爱情里，生命和变数都不是最重要的，重要的是精神。我们吃桑果的时候，思及匹勒姆斯和西丝比殉情的血，那血中有长远的爱情象征，那是精神：可以冲破黑暗的绝望，让我们知道，被情爱之血染红的桑果永远会红下去。

正由于爱情是那么脆弱单薄，我们更要珍惜地灌溉爱情的树，让它有清洁的空气、明亮的阳光、充足的水分，生长在广阔的大地上，稍微疏忽，它很快就会枯萎了；一旦枯萎，众神都无能为力，人力哪里能挽回？

注：此文所引的神话，源自阿迪斯·汉密尔顿收集的《希腊罗马神话故事》，原文过长，有所删减，仅留故事的骨干。

白　玉　盅

在所有的蔬菜里，苦瓜是最美的。

苦瓜外表的美是难以形容的，它晶润透明，在阳光中，仿佛是白玉一般，连它长卵形的疣状突起，都长得那么细致，触摸起来清凉滑润，也是玉的感觉。所以我觉得最能代表苦瓜之美的，是清朝的玉器“白玉苦瓜”，白玉苦瓜是清朝写实性玉雕的代表之作，历来只看到它的雕工之细写实之美，我觉得最动人的是雕这件作品的无名艺匠，他把“白玉”和“苦瓜”做一结合，确实是一个惊人的灵感。

比较起来，虽然“翠玉白菜”的声名远在“白玉苦瓜”之上，但是我认为苦瓜比白菜更近于玉的质地，不仅是视觉的、触觉的，或者感觉的。

苦瓜俗称“锦荔枝”“癞葡萄”，白玉苦瓜表现了形象的美，但是我觉得它还不能完全表现苦瓜的内容以及苦瓜的味觉。苦瓜切开也是美的，它的内部和种子是鲜红色，像是有生命流动的鲜血。有一次我把切开的苦瓜摆在白瓷的盘子里，红白相映，几乎是画笔所无法表达。人站在苦瓜面前，尤其是夏天，心中就漫上一股凉意，那也只是一种感觉而已。

不管苦瓜有多么美丽，它还是用来吃的，如果没有吃过苦瓜，谁也没想到那么美的外表有那么苦的心。我年幼的时候最怕吃苦瓜，因为老使我想起在灶角熬着的中药，总觉得好好的鲜美蔬菜不吃，为何一定要吃那么苦的瓜？偏偏家里就种着几株苦瓜，有时抗议无效，常被妈妈逼着苦着脸吃苦瓜，说是苦瓜可以退火，其实是因为家中的苦瓜生产过剩。

嗜吃苦瓜还是这几年的事，也许是年纪大，经历的苦事一多，苦瓜也不以为苦了；也许是苦瓜的美，让我在吃的时候忘却了它的苦；我想最主要的原因，应该是我发现苦瓜的苦不是涩苦、不是俗苦，而是在苦中自有一种甘味，好像人到中年怀想起少年时代惆怅的往事，苦乐相杂，难以析辨。

苦瓜有很多种吃法，我最喜欢的一种是江浙馆子里的“苦瓜生吃”，把苦瓜切成透明的薄片，沾着酱油、醋和蒜末调成的酱，很奇怪，苦瓜生吃起来是不苦的，而是又香又脆，在满桌的油腻中，它独树一帜，没有一道菜比得上。有一回和画家王蓝一起进餐，他也最嗜苦瓜，一个人可以吃下一大盘，看他吃苦瓜，就像吃糖，一点也不苦。

有一家江浙馆里别出心裁，把这道菜叫作“白玉生吃”，让人想起白玉含在口中的滋味，吃在口里自然想起故宫的白玉苦瓜，里面充满了美丽的联想。

画家席德进生前也爱吃苦瓜，不但懂吃，自己还能下厨。他最拿手的一道菜是苦瓜灌肉，每次请客都亲自做这道菜，上市场挑选最好的苦瓜，还有上好的腱子肉，把肉细心地捣碎以后，塞在挖空的苦瓜里，要塞到饱满结实，或蒸或煮，别有风味。一次，画家请客，我看到他在厨房里剁肉，小心翼翼塞到苦瓜中去。吃苦瓜灌肉时，真觉得人生的享受无过于此。我们开玩笑地把画家的拿手菜取名为“白玉盅”，如今画家去了，他拿手的白玉盅也随他去了，我好几次吃这道菜，总品不出过去的那种滋味。

苦瓜真是一种奇异的蔬菜，它是最美的和最苦的结合，这种结合恐怕是造物者“美丽的错误”。以前有一种酸酸甜甜的饮料，广告词是“初恋的滋味”，我觉得苦瓜可以说是“失恋的滋味”，恋是美的，失是苦的，可是有恋就有失，有美就有苦，如果一个人不能尝苦，那么也就不能体会到那苦中的美。

我们都是吃过苦瓜的，却少有人看过苦瓜树。去年我在南部，看到一大片苦瓜田里长出累累的苦瓜，农民正在收采，他们把包着苦瓜的纸解开，采摘下来，就像在树上取下一颗颗的白玉。我站在田边，看着挑篮中满满的苦瓜，心中突然感动不已，我想，苦瓜生命里真正的美，是远远比故宫橱窗里的苦瓜还令人感动的。

我买了一个刚从田里采下的苦瓜，摆在家里，舍不得吃；放置几天以后，苦瓜枯萎了，失去了它白玉般的晶亮与透明，吃起来也丝毫不苦，风味尽失。这使我想起人世间的许多事，美与苦是并生的，人不能只要美而不要苦，那么苦瓜就不能说是美丽的错误，它是人生真实的一个小影。

荷花之心

偶尔会到植物园看荷花，如果是白天，赏荷的人总是把荷花池围得非常拥挤，深怕荷花立即就要谢去。

还有一些人到荷花池畔来写生，有的用画笔，有的用相机，希望能找到自己心目中最美丽的一角，留下一个不会磨灭的影像，在荷花谢去之后，能回忆池畔夏日。

有一次遇见一群摄影协会的摄影爱好者，到了荷花池畔，训话一番，就地解散，然后我看见了胸前都背着几部相机的摄影爱好者，如着魔一般地对准池中的荷花猛按快门，有时还会传来一声吆喝，原来有一位摄影者发现一个好的角度，呼唤同伴来观看。霎时，十几位摄影的人全集中在那个角度，大雷雨一样地按下快门。

约莫半小时的时间，领队吹了一声哨子，摄影者才纷纷收起相机集合，每个人都对刚才的荷花摄影感到十分满意，脸上挂着微笑，移师到他们的下一站，再用镜头去侵蚀风景。

这时我吃惊地发现，池中的荷花如同经历一场噩梦，从噩梦中活转过来。就在刚才摄影者吵闹俗恶的摄影之时，荷花垂头低眉沉默不语地抗议，当摄影者离开后，荷花抬起头来，互相对话——谁说植物是无知无感的呢？如果我们能以微细的心去体会，就会知道植物的欢喜或忧伤。

真是这样的，白天人多的时候，我感到荷花的生命之美受到了抑制，噪乱的人声使它们沉默了。一到夜晚，尤其是深夜，大部分人都走光，只留下三两对情侣，这时独自静静地坐在荷花池畔，就能听见众荷从沉寂的夜中喧哗起来，使一个无人的荷花池，比有人的荷花池还要热闹。

尤其是几处开着睡莲的地方，白日舒放的花颜，因为游客的吵闹累着了，纷纷闭上眼睛，轻轻睡去。睡着的睡莲比未睡的仿佛还要安静，包含着一些没有人理解的寂寞。

在睡莲池边、在荷花池畔，不论白日黑夜都有情侣在谈心，他们是以赏荷为名来互相欣赏对方心里的荷花开放。有时我看见了，情侣自己的心里就开着一个荷花池，在温柔时沉静，在激情时喧哗，始知道，荷花是开在池中，也开在心里。如果看见情侣在池畔争吵，就让人感觉他们的荷花已经开到秋天，即将留得残荷听雨声了。

夏天荷花盛开时，是美的。荷花未开时，何尝不美呢？因为所有的荷叶还带着嫩稚的青春。秋季的荷花，在落雨的风中，回忆自己一季的辉煌，也有沉静之美。到冬天的时候已经没有荷花，还看不看得见美呢？当然！冬天的冷肃让我们有期待的心，期待使我们处在空茫中也能见到未来之美。

一切都是美的，多好！

最真实的是，不管如何开谢，我们总知道开谢的是同一池荷。

看荷花开谢，看荷畔的人，我总会想起禅宗的一则公案，有一位禅者来问智门禅师："莲花未出水时如何？"智门说："莲花。"

禅者又问："出水后如何？"

智门说："荷叶。"

——如果找到荷花真实的心，荷花开不开又有什么要紧？我们找到自己心中的那一池荷花，比会欣赏外面的荷花重要得多。

在无风的午后，在落霞的黄昏，在云深不知处，在树密波澄的林间，乃至在十字街头的破布鞋里，我们都可以找到荷花之心。同样地，如果我们无知，即使终日赏荷，也会失去荷花之心。

这就是当我们能反观到明净的自性，就能“竹密无妨水过，山高不碍云飞”，就能在山高的林间，听微风吹动幽微的松树，远听、近闻，都是那样的好！

味　之　素

在南部，我遇见一位中年农夫，他带我到耕种稻子的田地。

原来他营生的一亩多稻田里，大部分是机器种植，从耕耘、插秧、除草、收割，全是机械化的。另外留下一小块田地由水牛和他动手，他说一开始时是因为舍不得把自小养大的水牛卖掉，也怕荒疏了自己在农田上的经验，所以留下一块完全用“手工”的土地。

等到第一次收成，他仔细地品尝了自己用两种耕田方式生产的稻米，他发现，自己和水牛种出来的米比机器种的要好吃。

“那大概是一种心理因素吧！”我说，因为他自己动手，总是有情感的。

农夫的子女也认为是心理因素，农会的人更认为这是不可能的，只是抗拒机器的心理情结。

农夫说：“到后来我都怀疑是自己的情感作祟，我开始做一个实验，请我媳妇做饭时不要告诉我是那一块田的米，让我吃的时候来猜，可是每次都被我说中了，家里的人才相信不是因为感情和心理，而是味道确有不同，只是年轻人的舌头已经无法分辨了。”

这种说法我是第一次听见，照理说同样一片地，同样的稻种，同样的生长环境，不可能长出可以辨别味道的稻米。农夫同样为这个问题困惑，然后他开始追查为什么他种的米会有不同的味道。

他告诉我——那是因为传统。

什么样的传统呢？——我说。

他说：“我从翻田开始就注意自己的土地，我发现耕耘机翻过的土只有一尺深，而一般水牛的力气却可以翻出三尺深的土，像我的牛，甚至可以翻三尺多深。因此前者要下很重的肥料，除草时要用很强的除草剂，杀虫的时候就要放加倍的农药，这样，米还是一样长大，而且长得更大，可是米里面就有了许多不必要的东西，味道当然改变了，它的结构也不结实，所以它嚼起来淡淡松松，一点也不Q。”

至于后者，由于水牛能翻出三尺多深的土地，那些土都是经过长期休养生息的新土，充满土地原来的力量，只要很少的肥料，有时根本用不着施肥，稻米已经有足够成长的养分了。尤其是土翻得深，原来长在土面上的杂草就被新翻的土埋葬，除草时不必靠除草剂，又因为翻土后经过烈日曝晒，地表皮的害虫就失去生存的环境，当然也不需要施放过量的农药。

农夫下了这样的结论：“一株稻子完全依靠土地单纯的力气长大，自然带着从地底深处来的香气。你想，咱们的祖先几千年来种地，什么时候用肥料、除草剂、农药这些东西？稻子还不是长得真好，而且那种米香完全是天然的。原因就在翻土，土犁得深了，稻子就长得好了。”

是吧！原因就在翻土，那么我们把耕耘机改成三尺深不就行了吗？农夫听到我的言语笑起来，说“这样，耕耘机不是要累死了。”我们站在农田的阡陌上,会心地相视微笑。我多年来寻找稻米失去米的味道的秘密，想不到在乡下农夫的实验中得到一部分解答。

我有一个远房亲戚，在桃园大溪的山上种果树，我有时去拜望他，循着青石打造的石阶往山上走的时候，就会看到亲戚自己垦荒拓土开辟出来的果园，他种了柳丁、橘子、木瓜、香蕉和葡萄，还有一片红色的莲雾。

台湾的水果长得好，是尽人皆知的事，亲戚的果园几乎年年丰收，光是站在石阶上俯望那一片结实累累红白相映的水果，就够让人感动，不要说能到果园里随意采摘水果了。但是每一回我提起到果园采水果，总是被亲戚好意拒绝，不是这片果园刚刚喷洒农药，就是那片果园才喷了两天农药，几乎没有一片干净的果园，为了顾及人畜的安全，亲戚还在果园外面竖起一块画了骷髅头的木板，上书“喷洒农药，请勿采摘”。

他说：“你们要吃水果，到后园去采吧！那一块是留着自己吃的，没有喷农药。”

在他的后园里有一小块围起来的地，种了一些橘子、柳丁、木瓜、香蕉、杧果，还有两棵高大的青种莲雾等四季水果，周围沿着篱笆，还有几株葡萄。在这块“留着自己吃”的果园，他不但完全不用农药，连肥料都是很少量使用，但经过细心的整理，果树也是结实累累。果园附近，还种了几亩菜，养了一些鸡，全是土菜土鸡。

我们在后园中采的水果，相貌没有大园子那样堂皇，总有几个有虫咬鸟吃的痕迹，而且长得比较细瘦，尤其是青种的老莲雾，大概只有红色莲雾的一半大。亲戚对这块园子津津乐道，说是别看这些水果长相不佳，味道却比前园的好得多，每种水果各有自己的滋味，最主要的是安全，不怕吃到农药。他说：“农药吃起来虽不能分辨，但是连虫和鸟都不敢吃的水果，人可以吃吗？”

他最得意的是两棵青种的莲雾，说那是在台湾已经快绝迹的水果了，因为长相不及红莲雾，论斤论秤也不比红莲雾赚钱，大部分被农民毁弃。“可是，说到莲雾的滋味，红莲雾只是水多，一点没有味道的，青莲雾的水分少，肉质结实，比红色的好多了。”

然后亲戚感慨起来，认为台湾水果虽一再地改良，愈来愈大，却都是水，每一种水果吃起来味道没什么区别，而且腐败得快，以前可以放上一星期不坏的青莲雾，现在的红莲雾则采下三天就烂掉一大半。

我向他提出抗议，说为什么自己吃的水果不洒农药和肥料，卖给果商的水果却要大量喷洒，让大家没有机会吃好的、安全的水果，他苦笑着说："这些虫食鸟咬的水果，批发商看了根本不肯买，这全是为了竞争呀！我已经算是好的，听说有的果农还在园子里洒荷尔蒙、抗生素呢！我虽洒了农药，总是到安全期才卖出去，一般果农根本不管，价钱好的时候，昨天下午才洒的农药，今天早上就采收了。"

我为亲戚的话感慨不已，更为农民良知感到忧心，他反倒笑了说："我们果农流传一句话，说'台北人的胃卡勇'，他们从小吃农药荷尔蒙长大，身上早就有抗体，不会怎么样的。"至于水果真正的滋味呢！台北人根本不知道原味是什么，早已无从分辨了。

亲戚从橱柜中拿出一条萝卜，又细又长一副营养不良的样子，根须很长大约有七八厘米，他说"这是原来的萝卜，在菜场已经绝种，现在的萝卜有五倍大，我种地种了三十年，十几年前连做梦也想不到萝卜能长那么大，但是拿一条五倍大的萝卜熬排骨汤，滋味却没有这一条小小的萝卜来得浓！"

每次从亲戚山上的果园菜园回来，常使我陷入沉思，难道我们要永远吃这种又肥又痴、水分满溢又没有滋味的水果蔬菜吗？

我脑子里浮现了几件亲身体验的事：母亲在乡下养了几只鹅，有一天在市场买芹菜回来，把菜头和菜叶摘下丢给鹅吃，那些鹅竟在一夜之间死去，全身变黑，是因为菜里残留了大量的农药。

有一次在民生公园，看到一群孩子围在一处议论纷纷，我上前去看，原来中间有一只不知道那里跑出来的鸡。这些孩子大部分没看过活鸡，他们对鸡的印象来自课本，以及喂了大量荷尔蒙抗生素，从出生到送入市场只要四十天的肉鸡。

有一回和朋友谈到现在的孩子早熟，少年犯罪频繁，一个朋友斩钉截铁地说，是因为食物里加了许多不明来历的物质，从小吃了大量荷尔蒙的孩子怎能不早熟，怎能不性犯罪？这恐怕找不到证据，却不能说不是一条线索。

印象最深刻的是，二十年前，有人到我们家乡推销味素，在乡下叫作“鸡粉”，那时的宣传口号是“清水变鸡汤”，乡下人趋之若鹜，很快使味素成为家家必备的用品，不管是做什么菜，总是一大瓢味素洒在上面，把所有的东西都变成一种“清水鸡汤”。

我如今对味素敏感，吃到味素就要作呕。是因为味素没有发明以前，乡下人的“味素”是把黄豆捣碎拌一点土制酱油，晒干以后在食物中加一点，其味甘香，并且不掩盖食物原来的味道。现在的味素是什么做的，我不甚了然，听说是纯度百分之九十九的 L- 麸酸钠，这是什么东西？吃了有无坏处？对我是个大的疑惑。唯一肯定的是味素是“破坏食物原味的最大元素”。“味素”而破坏“味之素”，这是现代社会最大的反讽。

我有一个朋友，一天睡眼蒙眬中为读小学六年级的孩子做早餐，煮“甜蛋汤”，放糖时错放了味素，朋友清醒以后，颇为给孩子放的五瓢味素操心不已。孩子放学回来，却竟未察觉蛋汤里放的不是糖，而是味素——失去对味素的知觉比吃错味素更令人操心。

过度的味素泛滥，一般家庭对味素的依赖，已经使我们的下一代失去了舌头。如果我们看到饭店厨房用大桶装的味素，就会知道连我们的大师傅也快没有舌头了。

除了味素，我们的食物有些什么呢？硼砂、色素、荷尔蒙、抗生素、肥料、农药、糖精、防腐剂、咖啡因……我们还有什么可以吃，而又有原味的食物呢？加了这些，我们的蔬菜、水果、稻米、猪、鸡往往生产过剩而丢弃，因为长得太大太多太没有味道了。

生为一个现代人，我时常想起“吾不如老农，吾不如老圃”的话，不是我力不能任农事，而是我如果是老农，可以吃自种的米；是老圃，可以吃自种的蔬菜水果，至少能维持一点点舌头的尊严。

“舌头的尊严”是现代人最缺的一种尊严。连带的，我们也找不到耳朵的尊严（声之素），找不到眼睛的尊严（色之素），找不到鼻子的尊严（气之素）。嘈杂的声音、混乱的颜色、污浊的空气，使我们像电影《怪谈》里走在雪地的美女背影，一回头，整张脸是空白的，仅存的是一对眉毛；在清冷纯净的雪地，最后的眉毛，令我们深深打着寒战。

没有了五官的尊严，又何以语人生？

葫芦瓢子

在我的老家，母亲还保存着许多十几年前的器物，其中有许多是过了时、现在已经毫无用处的东西，有一件，是母亲日日仍用着的葫芦瓢子。她用这个瓢子舀水煮饭，数十年没有换过，我每次看她使用葫芦瓢子，思绪就仿佛穿过时空，回到了我们快乐的童年。

犹记我们住在山间小村的一段日子，在家的后院有一座用竹子搭成的棚架，利用那个棚架，我们种了毛豆、葡萄、丝瓜、瓠瓜、葫芦瓜等一些藤蔓的瓜果，使我们四季都有新鲜的瓜果可食。

其中最有用的是丝瓜和葫芦瓜，结成果实的时候，母亲常常站在棚架下细细地观察，把那些形状最美、长得最丰富的果子留住，其他的就摘下来做菜。

被留下来的丝瓜长到全熟以后，就在棚架下干掉了，我们摘下干的丝瓜，将它剥皮，显出它松轻干燥坚实的纤维，母亲把它切成一节一节的，成为我们终年使用的“丝瓜布”，可以用来洗油污的碗盘和锅铲，丝瓜子则留着隔年播种。采完丝瓜以后，我们把老丝瓜树斩断，在根部用瓶子盛着流出来的丝瓜露，用来洗脸。一棵丝瓜就这样完全利用了。现在有很多尼龙的刷洗制品称为“菜瓜布”，很多化学制的化妆品叫作“丝瓜露”，可见得丝瓜旧日在民间的运用之广和深切的魅力。

我们种的葫芦瓜也是一样，等它完全熟透在树上枯干以后摘取，那些长得特别大而形状不够美的，就切成两半拿来当舀水、盛东西的勺子。长得形状均匀美丽的，便在头部开口，取出里面的瓜肉和瓜子，只留下一具坚硬的空壳，可以当水壶与酒壶。

在塑胶还没有普遍使用的农业社会，葫芦瓜的使用很广，几乎成为家家必备的用品，它伴着我们成长。到今天，葫芦瓜的自然传统已经消失，葫芦也成为民间艺术品店里的摆饰，不知情的孩子怕是难以想象它是《论语》里“一箪食，一瓢饮，在陋巷，人不堪其忧，回也不改其乐”与人民共呼吸的器物吧！生活在台湾刚光复那几年的人，谁没有尝过“一箪食，一瓢饮”的情境呢？

葫芦的联想在民间有着悠久的历史，许多甚受欢迎的人物，像铁拐李、济公等的腰间都悬着一把葫芦，甚至《水浒传》里的英雄、武侠小说中的丐帮侠客，葫芦更是必不可少。早在正史《后汉书》也有这样的记载：“市中有老翁卖药，悬一壶于肆头，及市罢，辄跳入壶中，市人莫之见。”

在《云笈七签》中更说：“施存，鲁人，夫子弟子。学大丹之道，三百年，十炼不成，唯得变化之术。后遇张申为云台治官，常悬一壶，如五升器大，化为天地，中有日月，如世间。夜宿其内。”可见民间的葫芦不仅是酒器、水壶、药罐，甚至大到可以涵容天地日月，无所不包。到了乱离之世，仙人腰间的葫芦，常是人民心中希望与理想的寄托，葫芦之为用大矣！

我每回看美国西部电影，见到早年的拓荒英雄自怀中取出扁瓶的威士忌豪饮，就想到中国人挂在腰间的葫芦。威士忌的瓶子再美，都比不上葫芦的美感，这是无可如何的事，因为在葫芦的壶中，有一片浓厚的乡关之情和想象的广阔天地。

母亲还在使用的葫芦瓢子虽没有天地日月那么大，但那是早年农庄生活的一个纪念，当时还没有自来水，我们家引泉水而饮，用竹筒把山上的泉水引到家里的大水缸，水缸上面永远漂浮着一把葫芦瓢子，光滑的、乌亮的、琢磨着种种岁月的痕迹。

现代的勺子有许多精美的制品，我问母亲为什么还用葫芦瓢子，她淡淡地说："只是用习惯了，用别的勺子都不顺手。"可是在我而言，却有许多感触。我们过去的农村生活早就改变了面貌，但是在人们心中，自然所产生的果实总是最可珍惜，一把小小的葫芦瓢子似乎代表了一种心情——社会再进化，人心中珍藏的岁月总不会完全消失。

我回家的时候，喜欢舀一瓢水，细细看着手中的葫芦瓢子，它在时间中老去了，表皮也有着裂痕，但我们的记忆像那瓢子里的清水，永远日明清澈，凉入肺腑。那时候我知道，母亲保有的葫芦瓢子也自有天地日月，不是一勺就能说尽的，我用那把葫芦瓢子时，也几乎贴近了母亲的心情，看到她的爱，以及我们二十多年成长岁月中，母亲的艰辛。

第七辑

生命的酸甜苦辣

亦不睹恶而生嫌
亦不观善而勤措
亦不舍智而近愚
亦不抛迷而就悟

半梦半醒之间

去买闹钟的时候，钟表店的老板建议我买一种“懒人闹钟”。

“什么是懒人闹钟呢？”

“懒人闹钟是为了懒人而设计的，一般的闹钟响时只有一种声音，懒人闹钟响的时候，节奏由慢而快，由缓而急，到最后会闹得人吃不消；一般闹钟一按就停，懒人闹钟按了不会停，每隔五分钟它就会再响起来，除非把总开关关掉。”老板边说边从橱柜中取出一具体积很小的电子钟，示范给我看。

“什么样的人会买这种懒人闹钟呢？”

“一般人都会买呀！因为大家对自己都不是绝对有信心的，特别是冬天的清晨要起床真不容易。”

“可是，如果他起来把总开关关掉，这闹钟还是没有作用。”

“对呀！对于真正的懒人，再好的闹钟也没有用，闹钟是给那些介于半梦半醒之间的人使用的。”

与我一向熟识的钟表行老板，讲出这么有哲理的话，令我颇为惊异，于是我接着问：“什么是半梦半醒之间呢？”

老板说：“一个人刚被闹钟唤醒的时候，就处在半梦半醒之间，如果一听到闹钟响，立刻能处在清醒的状态，这种人在佛教里叫作‘慧根’，如果闹钟怎样叫也叫不醒，甚至爬起来把总开关关掉，这种人叫‘钝根’。一般人既不是慧根，也不是钝根，而是‘凡根’。所谓‘凡根’，是会清醒、会迷失、会升华、会堕落；是听到闹钟响时，徘徊挣扎在半梦半醒之间，对这样的人，一个好闹钟才是有帮助的，在半梦半醒之间的人，是比较易于再入梦，不易于醒来的，这时需要一再的叮咛、嘱咐、催促，懒人闹钟在这时就能发挥它的效用。”

真没想到钟表行老板是一个哲学家，最后我就买了一个懒人闹钟回家，每天清晨闹钟响的时候，我总是想起老板所说的话，口念阿弥陀佛，立刻跃起，关掉闹钟的总开关，开始一天的工作，因为我希望做一个有“慧根”的人。

过了一阵子，我买的懒人闹钟竟坏掉了，拿去检修，查出来的原因是，由于太久没有让它“闹”，最后这闹钟竟不会闹了，老板说：“电子的东西就是这样，你没有机会让它叫，过一阵子它就不会叫了。”

回家的路上，我想到，如果依“慧根、钝根、凡根”来推论，一个有慧根的觉醒者，长久不让妄想、执着有出头来闹的机会，最后就会连无明习气都不会叫了。

我们既没有慧根能彻底地觉醒，但我们也不是完全迷梦的钝根，我们一般人都是介于梦与醒的边缘，都是在半梦半醒之间，就在此时此地的生活里，我们不全是活在泥泞污秽的大地，在某些时刻，我们的心也会飞翔到有晴空丽日、有彩虹朝霞的境界，偶尔我们也会有草地一般柔美、月亮一样光华、星辰一样闪烁的时刻，有一种清明的态度来看待生命。

那种感觉，就像清晨被闹钟从睡梦中唤醒。

可惜复可叹的是，当闹钟响过之后，我们很快会被红尘烟波所淹没，又沦入了梦中。

醒是好的，但醒不能离开梦而独存；觉是好的，但觉也不能离开迷惘而起悟。

生活中本就有梦与醒、迷与觉的两面，人在其中彷徨、挣扎、奋斗、追求，才使生命的意义、永恒的价值在历程中熠熠生辉，这正是为什么达摩祖师会写下如此动人的偈语：

亦不睹恶而生嫌

亦不观善而勤措

亦不舍智而近愚

亦不抛迷而就悟

人生的不圆满并不可怕，人投生到有缺憾的娑婆世界也不可怕，怕的是永远迷途而不觉，永堕沉梦而不惊；怕的是在心灵中没有一个闹钟，随时把我们从无明、习气、妄想、执着中叫醒。

我们从睡梦中醒来的时候，向人们宣说梦境，《般若经》说这是“梦中说梦”，因为人生就是一个大梦，睡眠中的梦固是虚假不实，人所走过的生命何处能寻找真切的足迹呢？《入楞伽经》中，佛说：“诸凡夫痴心执着，堕于邪见，以不能知但是自心虚妄见故。是故我说一切诸法如梦如幻，无有实体。”——一切诸法无有实体，如梦如幻，梦幻本空，悉无所有，凡夫执着于我，所以沉沦于生死大海中轮转不已，迷梦也就无法终止。

梦中还有梦在，这是生命的遗憾；而觉中还有觉在，则是生命的幸运。

觉，是菩提之意，是对烦恼的侵害可以察觉，对无明昏暗能明朗了知，心性远离妄想，而能照能用，做自己的主宰。

幻化如花，花果飘零之后，另外的花从哪里开呢？

梦境如流，河水流过之后，新的河水由何处流来呢?

在落花的根部、在流水的源头，有一个充满生机、清明的地方，只要我们寻根溯源，就能在那里歇息了。

善男子！善女人！在半梦半醒之间，让我们听着心的闹钟吧！一跃而起，走向清净、庄严、究竟之路。

食家笔记

长板条上

所有的日本料理店，靠近师傅料理台的地方一定有一个用木板钉成的长板条，这板条旁边的椅子一般人不肯去坐，原因无它，只因不够气派。在台湾，日本料理店生意最好的是在房间内，其次是桌子，最后才是围着师傅的板条；在日本则是反其道而行，最好的是板条边。

吃日本料理，当然不得不相信日本人的方式。这个长板条之所以受人喜欢，是因为日本人去喝酒时大部分是小酌，而不是大宴，一个人坐在长板条边是最自在的。

如果你要吃好东西，也只有在长板条上。因为坐在长板条边，马上就靠近师傅，日久熟识后互相询问家常，师傅一边谈话，一边总会从他身边抓一些东西请你，像毛豆、黄瓜、酱萝卜、生芹菜包芝麻之属，有时候甚至挖一勺刚做好的鱼子给你，或者把切剩的最好的一条鱼肚子推到你面前。

坐长板条的客人通常不是寻常客人，都是嗜好生鱼的。那么师傅会告诉你，今天什么鱼好、什么鱼坏，并非他故意去买坏鱼，而是鱼市场当日的鱼货有些不甚高明，然后他会说："今天有一种好鱼，我切给您试试。"等你吃完满意了，他才切上要算账的来，而你不要小看那一片湿湿的鱼片，料理店的一片好鱼，通常吃一口要一百元的。

长板条是最能学吃日本料理的地方，因为所有的东西都摆在面前，有许多选择的机会；如果坐在房间里，吃一辈子日本料理，可能许多见都没有见过。

长板条上也是最有人情味的地方，只要坐在长板条边，总不会吃得太坏。中国人说“见面三分情”，大师傅就在面前，总不好意思弄一些差的东西给你。而且，师傅无形中聊起日本料理的种种情形，自然就是在传法给客人了。最最重要的是，如果是熟客人，价钱总会算得便宜一些。因为在日本料理店中，每张桌子都由服务生开单，唯有长板条上是“自由心证”，全权由师傅掌握，熟人好说话，一定比房间里便宜得多。

在日本一些专卖生鱼和寿司的店，有时没有桌子，只有板条四桌围绕，师傅们则站在里面服务。一个师傅平常只照顾五张椅子，有些相熟的客人往往不仅认店，还要认师傅，这时不仅手艺比高下，连亲切都要一比，因而店中气氛融洽，比其他日本料理店要吵闹得多。

由于日本人生鱼生虾吃得厉害，所以卫生新鲜要格外讲究。听说要是在日本吃料理中了毒，可以向店里控告，赔偿起来大得不得了，而坐在长板条上的客人不但可以控告店里，连认得的师傅都可以告进宫里去。因此，师傅们无不戒慎恐瞑，害怕丢了饭碗，消费者得以安心大啖其生猛海鲜。

我过去不觉得日本料理有什么惊人之处，有一回和摄影家柯锡杰去吃日本料理，第一次坐在长板条上。老柯与师傅相熟，大显身手叫了许多平日不易吃到的东西，而且有大部分是赠送的，这时始知吃日本料理也有大学问。老柯说：“日本料理的师傅也是人，也有荣誉心，如果遇到一位好的吃家，他恨不得自己的肚子都切下来给你下酒，谁还在乎那区区几个钱呢？”

柯锡杰早年留学日本，吃日本菜是第一流的高手，但是他说：“不管吃什么菜，认识大师傅都是必要条件，中国菜里也是一样的吧！菜里无非人情，大师傅吩咐一声，胜过千军万马。我早年在美国当厨子，自己发明了一道烤鸡，名字就叫‘柯氏鸡’，与‘麻婆豆腐’一样，以人名取胜，结果大家都爱吃这道菜。不一定是菜有什么高明，而是他们认识了柯氏。在人情上，总要试试柯氏鸡的滋味吧！”

这使我想起另一位吃家欧豪年。欧豪年每次在餐馆请客，一定提前半个小时前往。我觉得奇怪，不免问他，他说：“主要是先来挑鱼，同样的鱼只要大小不同，味道就差很多。像青衣石斑之属，一斤左右的最好，太小的肉烂，太大的肉老。其次是先和师傅打个招呼，他就会特别留意，做出真正的好菜来。就说蒸鱼好了，火候最重要，要蒸到完全熟了可是还有一点点肉粘在骨头上，那个节骨眼，只有一秒钟的时间。”

中国人吃饭挑师傅相熟的馆子，和日本人在长板条上挑师傅是一样的，是人情味的表现。我曾在一家日本料理店看一个日本人在长板条上，每吃一片生鱼就喝一杯清酒，一边和师傅聊天，最后竟然大醉高歌而归，那时我想使他醉的不一定是清酒，说不定是那个师傅！

梁　妹

新加坡朋友何振亚颇有一点财富，待人热诚，我在新加坡旅行时住在他家，他最让人羡慕的不是他有钱，而是他有个好厨子。

何振亚的厨子是马来西亚籍的粤人，是个单身女郎。她身材高挑，眉清目秀，年约三十岁，等闲看不出她有什么好手艺，但她是那种天生会做菜的人。

这梁妹不像一般用人要做很多事，她主要的工作就是做做三餐。我住在何家，第一天早上起床，早餐是西式的，两个荷包蛋，两根香肠，一杯咖啡，一杯牛奶、一杯果汁。奇的是她的做法是中式的，蛋煎两面，两面皆为蛋白包住，却透明如看见蛋黄——这才是中国式的“荷包蛋”，不是西式的一面蛋——而那德国香肠是梁妹自灌的，有中西合璧的美味。

正吃早餐的时候，何振亚说：“你不要小看了这鸡蛋。你看这鸡蛋接近完全的圆形，火候恰到好处，这不只是技术问题。梁妹是个律己极严的厨师，她煎蛋的时候只要蛋有一点歪，就自己吃掉，不肯端上桌，一定要煎到正圆形，毫无瑕疵，才肯拿出来。我起初不能适应她的方式，现在久了反而欣赏她的态度，她简直不是厨子，是个艺术家嘛！”

梁妹犹不仅如此，她家常做一道糖醋高丽菜，假如没有上好的镇江醋，她是拒绝做的。而且，一棵高丽菜，叶子大部分要切去、丢掉，只留下靠近菜梗的又厚实又坚硬的部分，切成正方形（每个方形一样大，两寸见方）。炒出来的高丽菜透明有如白玉，嚼在口中清脆作响，真是从寻常菜肴中见出功夫，可想而知做大菜时她的用心。有一回何振亚请酒席，梁妹整整忙了一天，每道菜都好到让人嚼到舌头。

其中有一道叉烧，最令我记忆深刻，端上来时热腾腾的，外皮甚脆，嚼之作声，而内部却是细嫩无比。梁妹说：“你要测验广东馆子的师傅行不行，不必吃别的菜，叫一客叉烧来吃马上可以打分数。对广东人来说，叉烧是最基本的功夫。”

梁妹来自马来西亚乡下，未受过什么教育。我和她聊天时忍不住问起她烹饪的事，她说是自己有兴趣做菜，觉得煎一粒好蛋也是令人快乐的事。

“怎么能做到这样好呢？”

“我想是这样的，一道做过的菜不要去重复它，第二次重新做同一道菜。我想，怎么样改变一些佐料，或者改变一点方法，能使它吃起来不同于第一次，而且企图做得更好一点，到最后不就做得很好了吗？”

我在何家住了一个星期，直觉得有个好厨子是人生一快，后来新加坡的事多已淡忘，唯独梁妹的菜留给我的印象至为深刻。我不禁想起以前的法国大臣 Talleyrand 奉派到维也纳开会，路易十八问他最需要什么，他说："祈皇上赐臣一御厨。"因为对法国人来说，没有好的厨子，外交就免谈了。

以前袁子才家的厨子王小余说："作厨如作医，吾以一心诊百物之宜。"又说："能大而不能小者，气粗也。能啬而不能华者，才弱也。且昧固不在大小华啬间也。能，则一芹一菹皆珍怪；不能，则虽黄雀鲊三楹，无益也。"真是精论，一个好厨子做的芹菜绝对胜过坏厨子做的熊掌。

做一个好厨子的条件是怎样的呢？

美国玄学大师华特（Alan Watts）说："杀一只鸡而没有能力将之烹好，那只鸡是白死了。"

法国人爱调戏人，他们常问的话是："你会写文章、会画图做雕刻，你好像什么都有一手，且慢，你会烧菜吗？"看！如果你只会写文章，不会烧菜，只能算是"作家"，不能算是"艺术家"。在骄傲的法国人眼中，如果你不会烧菜，至少也要具有好舌头，否则真是不足论了。

得过最高荣誉勋章的法国大厨波古氏（Bocuse）说过："发现一款新菜，比发现一颗新星，对人类的幸福有更大的贡献。"诚不谬哉！

响螺火锅

在纽约旅行的时候，有一天雕刻家钟庆煌在家里请吃火锅，约来了纽约的各路英雄好汉，有画家姚庆章、杨炽宏、司徒强、卓有瑞，摄影家柯锡杰，舞蹈家江青，作家张北海。

那一天之所以值得一记，是因为钟庆煌准备了难得吃到的响螺火锅。响螺是电影中常见的海盗用来吹号的那种螺，体形十分巨大，吃起来颇费事，故一般西方人很少食用，在纽约只有唐人街有得卖。

钟庆煌说，他为了准备这响螺火锅已整整忙了一天，一早就走路到唐人街挑选合适的响螺。由于响螺壳坚硬无比，必须用榔头敲开，敲开之后只取用其前半部（像吃蜗牛一样，前半部才是上品）。取下后切片也不易，因响螺肉韧，必须用又利又薄的牛排刀才能切成薄片，要切得很薄很薄，否则就不能吃火锅了。

听钟庆煌这样一说，大家都颇为感动，而且听说一般馆子吃响螺不是用焖就是用炖的，用来吃火锅还是钟庆煌的发明。

那一次吃响螺片火锅滋味难忘，因肉质鲜美，经滚水烫过有一股韧劲和脆劲，吃起来有点像新鲜的鲍鱼片，但比鲍鱼更有筋道，而且响螺肉有透明感，真是人间美味。吃涮响螺片时我才发现，如果真有至味，不一定要依赖厨子，然而火候仍是不可忽视的，透明的螺片下锅转白时即捞起，否则就太老了。

回台北后，吃火锅时常想起雕刻家亲手拿榔头敲开的响螺火锅，可惜找不到响螺。后来，在南门市场一家卖海鲜的摊子找到了响螺，体积比美国的小得多，要价一两十五元。摊贩说是澎湖的响螺，滋味比美国的好，因为美国的长得太大了，肉质较硬。

我带一些回来试做，才发现不然，因为美国响螺大，切片后吃火锅较适合，澎湖的嫌小了一些。后来我想了很久，用一个新的方法做，先炖鸡一只，得汤一碗，再用鸡汤煨响螺片约十分钟，味道鲜美无比。

现在台北的馆子里也开始做响螺，尤其广东馆子最多，通常也是用鸡汤煨，再焖一些青菜进去，是正统的吃法；另有一法是将螺肉挖出剁碎，和一些碎肉虾泥再塞回螺壳中蒸熟，摆到盘子里非常壮观，可惜风味尽失。这使我想到，生猛海鲜本身的味道已经各擅胜场，纯味最上，配味次之，像什么虾球、花枝丸、蚵卷、蟹饺等都是等而下之了。

画家席德进生前也是有名的吃家，他就从不吃虾球之属，理由之一是：谁知道那是什么做的。理由之二是：即使用虾也不会用好虾，好好的虾干吗炸虾球？——真是妙见，把新鲜响螺剁碎了，简直是暴殄天物。

但这也不是绝对的，做汤的时候，用一个响螺同做，味道也完全不同。问题是，这时的响螺肉就不能吃了——这似乎是吃家的原则之一：你有一种东西，只能选择一种吃法，不能又要喝汤又要吃肉。

荷叶的滋味

在台北的四川馆子和江浙馆子里，常常有一道菜叫“荷叶排骨”，荷叶排骨就是用荷叶包排骨到大锅里去蒸，通常要选肥瘦参半的肉排，因为太瘦了用荷叶蒸过会涩口，肥则不忌。

用荷叶蒸排骨实在是大学问，也是大发明。由于火蒸之后，荷叶的香气穿进排骨，而排骨的油腻则被香气逼了出来，两者有了巧妙地结合，是锡箔排骨远远不及的。广东馆子用荷叶包糯米团，糯米中可有各种变化，咸的可以包肉，甜的可以包芝麻或豆沙，不管做什么，都非常鲜美，真是把荷叶用到出神入化的地步了。

使用荷叶也是大有学问，一家馆子的师傅告诉我，包荷叶只能取用质软的一部分，靠茎的部分则不能用。而且荷叶刚采下时并不能用，易于断裂，须放置一日，叶已软而不失其青翠，如放置过久，荷叶一下锅，蒸出来就乌黑了。

荷叶在中国菜里使用得并不广，记得台湾乡下有一种“荷叶粿”，是用荷叶包粿，有咸甜各味，一打开荷香四溢。我幼年时代有一位三姑妈擅做这种荷叶粿，但姑妈去世后，我已多年未尝此味，只是一想起，荷叶仍然扑鼻而香。

植物的叶子在中国菜中是配味，不论怎么配，确实可以改变味道，如同端午节使用的粽叶。在乡下，光是粽叶的价钱就有好多种，好的粽叶做出来的粽子就是不一样。嘉义以南，有许多人包粽子用大的竹叶，味道又不同了，它没有粽叶浓香，格外带一点清气，和荷叶粿有点相似。

台湾乡下人节省，有的家庭把吃剩的粽叶洗净、晾干，第二年再来使用，这时包的虽是粽子，殊不知风味已经尽失了。这与台北一般大馆子做鸽松、小馆子做蒸饭常使用到竹筒类似，但那竹筒一用再用，早就毫无滋味。那么，用竹筒和用别的容器又有何不同呢？

台北苏杭馆子里，信义路有一家的包子做得有名。包子倒无特殊之处，只是蒸的时候笼子里铺了干草，这一出笼时就完全不同了。和荷叶排骨一样，它把包子的油蒸了出来，却又表现了包子的精华。唯一遗憾的是，那些干草并不是用一次就算，失去了发明时的原意。

中国菜讲究火功，到细微处，菜肴身边的配置十分重要，荷叶是其明显的一端。古时不用瓦斯，光是木炭都有讲究，喝茶时用松枝烹茶，松树之香气会穿壶入水，称之为“松枝茶”。我童年的时候，母亲常用蔗叶煮饭烧茶，做出来的饭、泡出来的茶都有甜气，始知小如叶片，也有大的用途。

荷叶的滋味甚好，使人想起中国菜实是中国文化的表现。荷叶固可以入诗入画，同时也能入菜，入菜非但不会使荷叶俗去，反而提高了一道菜的境界。只是想到荷叶难求，心中未免怏怏。

在乡下，使用荷叶原不是什么特别的妙见，而是就地取材。记得我的姑妈当年包“荷叶粿”时，并非四时均有荷叶可用，有时也取芋叶或香蕉叶代之。那时每次使用别的叶子，姑妈总爱感叹：“这芋叶、香蕉叶蒸的粿，怎么吃总是比不上荷叶，少了那一点香气。”

如今想起来，只是习惯造成的感觉，芋叶有芋叶的好，蕉叶也有蕉叶之香，我倒是觉得，说不定连梧桐叶都可以做排骨呢！

新加坡、马来西亚、印尼、印度一带，人们就擅于使用树叶。路边小摊常有各种树叶包着的东西，卖的时候放在火上一烤即成。我在当地旅行时，爱在路边吃这些东西，发现不只是肉，连鱼虾都包在叶子里烤，这样烤的好处是水分保留在叶子里，不失去原味，而且不会把东西烤坏。

中国菜使用叶子，通常用的是蒸，适于大馆子。说不定还可以发展烤的空间，让升斗小民也能尝到荷叶的滋味！

张东官与麦当劳

近读《紫禁城秘谭》，里面写到清朝最好吃的皇帝是乾隆，而乾隆最爱吃的是江苏菜，万寿节及其他节日常开“苏宴”。他常吃的菜有“燕窝黄焖鸭子炖面筋”“燕窝红白鸭子筋炖豆腐”“冬笋大炒鸡炖面筋”“燕窝秋梨鸭子热锅”“大杂烩”“葱椒羊肉”等。

当时，御厨里的苏州厨役有张东官、赵玉贵、吴进朝诸人，张东官出现以后，其他苏州厨子黯然失色，可以说，张东官是清朝御厨中风头最健的人物。

当时乾隆皇帝到处巡狩，各地大臣为了讨好皇上，到处寻访庖厨名手，张东官就是长芦盐政西宁出重金礼聘自苏州。乾隆三十六年（1771）二月，皇帝出巡山东，西宁进张东官进菜四品，其中有一品是“冬笋炒鸡”，很合皇帝口味。吃完以后，皇帝赏给张东官一两重的银锞子两个。此后，皇帝每吃一次张东官的菜就赏银二两，一直到三月底回京。

乾隆四十三年（1778），皇帝再次出巡盛京，传张东官随营做厨。七月二十二日，张东官做了一品“猪肉确砂馅煎馄饨”，晚上又做了一品“鸡丝肉丝油煸白菜”、一品“燕窝肥鸡丝”、一品“猪肉馅煎黏团”，极为称旨，吃完后，皇帝赏银二两。

不久之后，张东官时常做菜进旨，如“豆豉炒豆腐”“糖醋樱桃肉”，又做“苏造肉”“苏造鸡”“苏造肘子”。这段时期，皇帝时常赏赐，记载上赏过“熏貂帽檐一副”“小卷缎一匹”“大卷五丝缎一匹”，可见皇帝对一个好厨子的礼遇。

乾隆四十六年（1781）二月，张东官正式入宫当御厨，官居七品，更得皇帝的宠爱。《紫禁城秘谭》写到张东官的最后一段是：

“乾隆四十八年（1783）正月初二日晚膳，张东官做‘燕窝脍五香鸭子热锅一品’‘燕窝肥鸡雏野鸡热锅一品’，尤称旨，屈指初承恩眷，至是匆匆十二年矣！”

张东官大概是清朝最后一位有名的厨子，从皇帝对他的赏赐和别人对他的敬爱有加，可以知道一名好厨子是多么难求。好厨子就如同艺术家，不必来自宫廷，民间也自有奇葩。我看了张东官十分传奇的历程，以及他做给乾隆吃的一些菜名，真觉得上好的烹调是一菜难求。

就说一道“豆豉炒豆腐”，“不知用何种配料，就膳档规之，帝殊嗜爱。”豆豉和豆腐都是民间之物，任何乡下村妇都能做这道菜，可是张东官的火候却可以惊动皇上，一定是厨之外还有艺。

“厨之外有艺”是中国菜的传统，不但要在味道上讲究，在颜色上讲究，甚至在名字上也都别出心裁，犹如新诗创作。看到好的名字、好的味道、好的颜色，人的喉头里会忍不住伸出一只手来。

说到厨子，有一回，叙香园的老板请吃饭，把他们馆子里大部分的菜都端出来了。一共二十四道，品品都是好菜，叫人吃了仰天长啸。我问杨先生：“你们馆子里有多少名菜呢？”

“大致就是你吃的这些了，一个饭店里只要有二十道名菜就是不得了的，要知道一般小馆只要有一道招牌好菜就不容易了。”

然后我们谈到厨子，杨先生觉得好的厨子是天才人物，不是训练可以得致。因为好厨子的徒弟总是不少，但成大厨的永远是少数中的少数，没有一点天生的根器是不成的。厨艺又和艺术相通，所以，一般艺术家自己都能发明出几道好菜来。

我问到一个俗气的问题：“那么一个好厨子目前的薪水是多少呢？”杨先生说那得看他的号召力，像叙香园的大厨，一个月的薪水是三十万新台币，比起一家大公司的总经理毫不逊色。

我想到三十万台币是十几两黄金，那么现代大厨的待遇恐怕远超过乾隆皇帝的御厨张东官了。一个名厨足以决定一家饭店的成败，三十万也实在是合理的待遇了，你看台北的馆子何止千百，能打出大师傅招牌的却没有几个。

看完《紫禁城秘谭》，我到台大附近去买书，发现台大侧门对面也开了一家麦当劳，门口大排长龙。心中真是无限感叹，中国这样优秀的饮食传统恐怕有一天要被机器完全取代了。将来如果我们要找名厨，真的只有到典籍中去找了。

我们当然不必一定吃张东官的好菜，但是，能把豆豉炒豆腐做好的厨子，现在还剩几个呢？

吃客素描

我有一个朋友叫陈瑞献，是新加坡、马来西亚一带有名的艺术家，同时也是有名的吃家。他以前在《南洋商报》上写吃的专栏，十分叫座，对吃东西之讲究罕有其匹。

瑞献和现在台湾法国文化中心主任戴文治是黄金拍档，两人时常一起到世界各国大吃，事后互相研究讨论。在吃这方面，配合得像他们俩这样好的也很少见。

说到他们两人的相识也是奇遇，戴文治曾是法国驻新加坡的大使，陈瑞献正好是新加坡法国大使馆的秘书，本是主属关系。由于两人都好吃并且酷爱艺术，竟成好友，相交莫逆，以兄弟相待。

这两个吃家好吃到什么程度呢？陈瑞献常说："人生有四件大事，除了吃以外，其他三件我已忘记。"他们是那种有了好吃的东西可以丢掉其他三件的人。瑞献每天除了吃好吃的东西，生活几乎是邋遢的。衣着方面，他虽在大使馆上班，却终年穿着短裤、拖鞋到办公室。由于他名气太大，久之大家也习以为常。在住的方面，他住所对面就是新加坡有名的绿灯户，是黑社会争夺的地盘。虽是两层洋楼，家中却堆满了零乱的字画，要找个能坐的地方都感到困难。在行的方面，他开着大使馆所有的一部福特跑车，车龄已有六七年，他开到哪里停到哪里，由于挂着使馆牌，即使在管理严格的新加坡也享有特权。他那部车是新加坡少数有名的"大牌"之一，车子够老，牌子够硬。

瑞献书画、文章、金石都是绝活，除了这些，对他最重要的大概就是吃了。

有一年，瑞献因公来台北，我问是不是可以看看他的行程，他把纸拿出来，里面几乎没有行程，只写了三餐用餐的地点和吃些什么菜。

"这就是你的行程吗？"我说。

"是呀！有什么比吃更重要呢？"

他说出外游山玩水固好，但对他们这种经常在世界各处跑的人已没有什么意义，吃吃好东西才是最实在的。我看他的"行程表"（就是吃程表）中有一天中午空白，表示我要做东，那时我正想去法国，在办理赴法签证，大权在戴文治手中，便约戴文治一同前往。

当时在戴文治家中，瑞献指着戴文治对我说："你请他吃饭可要当心，要是吃到什么难吃的菜，你的法国签证就泡汤了；假如吃到好菜，说不定给你一张法国护照。"

三人哈哈大笑，戴文治补充说明："我的权力没有那么大，最长只能给你签六个月。"

"当然，如果不给你签，你这辈子都别想去法国了。"瑞献爱开玩笑，"完全看你怎么安排了。"

兹事体大，当下三人摊开吃的地图（戴文治家中有一本专门记载台北馆子的书籍，有图表）研究，我从罗斯福路、和平东路、信义路、仁爱路、忠孝东路一路问下来，大部分有名的馆子他们都吃过了，这使我大吃一惊，因为台北爱吃的人虽多，吃得这么全的也算少见。

后来我卖了一个关子，说："这样好了，明日午时就在法国文化中心集合，我带你们去吃，但先不说吃的地点和吃些什么。"两人相视一笑，点头答应。

第二天，我带他们到仁爱路的"吃客"去吃，他们果然没有吃过，大为惊奇，台北居然有他们没吃过的馆子。我叫了一些普通的菜，记得是咸猪脚、风鸡、醉虾、千丝牛肉、吃客鲳鱼、炒年糕、黄鱼羹、香菇鸭舌汤，每出来一道菜都叫他们舌头打结。事实上，并不是菜烧得多了不起，只是吃客猪脚、风鸡、醉虾对初尝的人确是异味，而黄鱼羹之鲜美，香菇鸭舌汤以五十只鸭舌做成，都是富有舌头震撼力的。

吃完后叫了一客豆沙锅饼，一客芝麻糊，吃得两位名吃客啧啧称奇。

结束之后，我问戴文治："味道如何？"

"六个月，六个月。"戴忙着说，意即我的法国签证，他可以给我签最长的时间。

"这样棒的一顿饭才值六个月吗？"瑞献打趣说，我们不禁拍案大笑。

这时，我才透露了为什么选"吃客"。因为在戴文治的"秘籍"中并没有吃客的记载，胜算很大。我们四人（还有我的妻子小銮）谈到，选择馆子事实上没有叫菜重要，因为每一个馆子的师傅总有一两道"招牌好菜"，有时一家馆子就靠一道菜撑着。如果去吃馆子而不知道叫菜，如同盲人骑马，只知有马，不知马瞎，真是太可怕了。

好菜的功能之大甚至影响到法国签证呢！可不慎哉！

后来我与妻子到新加坡，瑞献一来就为我们开了一张食单，每天让我们早、午餐自便，晚餐如果没有特别应酬，则听他的安排。他找到的菜馆不论大小，菜都是第一流的。即使是在路边小摊吃海鲜，他也能找到又新鲜又好吃的地方——这真是食家本色，好的食家是不摆排场、不充阔佬的，一万块吃到好菜不是本事，一千块吃到好菜才是本事；能吃海鲜不是本事，要便宜吃到好海鲜才是本事；知道名菜名厨不是本事，连街边小摊都了然于胸才是本事。

有瑞献带路去吃，差一点把我的舌头都忘在新加坡了。

最遗憾的是，瑞献为我排了一餐俄国菜、一餐印度菜，由于那两天都有朋友应酬，因此分别在江浙馆和广东茶楼吃饭，至今引为憾事。瑞献表现在吃上的兴趣是令人吃惊的，他不但餐餐陪我们吃，毫无倦容，而且吃得比我们还有味。有一回吃潮州菜，我看他吃得趣味盎然，忍不住问他："你吃过这么多次，还觉得好吃吗？"

他正色道："好的菜就是你吃几十次也不会腻的，就像一幅好的画挂在家中三五年，你何尝厌倦？"

他继续说："吃好菜的时候总要把心情回到最初，好像是第一次品尝，让味蕾含苞待放。这就像和情人接吻，如果真爱那情人，不管接多少次吻都有不同的滋味，真正的吃家对待食物要像对待情人。"

他告诉我，有一次他和戴文治在法国吃鸡肉，戴文治在一食三叹之后求见厨师，当那顶白高帽在厨房门口出现时，戴文治自动站起来，先向厨师致敬，再与他交谈。他说："事后，戴文治对我说，他敬爱厨师，一如敬爱情人；对于那些失去做爱能力的人，佳肴是最好的补偿。"

瑞献常说："不惜工本以快朵颐是食家本色。"又说："让蠢人错把你当白痴者，是一流食家的逸乐。"又说："品味如品画，厨者所以是画人。"他为了吃，有时甚至是疯狂的。

举例来说，一九八一年大陆曾有"锦江华筵访问团"，锦江师傅坐专机到新加坡，包括锅铲、碗筷和重要材料全是专机空运。锦江师傅在玻璃内做菜。吃客可以在外面观察他们的做法、刀功等，从切菜、炒煮到端盘出来一目了然。在新加坡来说，是难得的机会。

然而，一桌菜叫价一万坡币（合二十万台币）。瑞献起了吃的念头，他的妻子小菲极力反对，因为一万坡币不是小数目。后来，瑞献想了个变通的办法，就是邀集十位朋友，一人出一千坡币（合两万台币），一起去吃锦江华筵，分摊起来负担就小了。

小菲仍不赞成，觉得花一千坡币吃一餐也不可思议，但瑞献对她说："你让我去吃这一餐，你只是心痛一阵子；如果你不让我去吃这一餐，我会遗憾一辈子。"他们伉俪情深，小菲只好节省用度，让他好好地吃了一餐。事后他告诉我："真是值回票价！"小菲则对我说："幸好给他去吃，否则真会怨我一辈子，他吃了那顿饭，回来整整说了一个月。"

我和瑞献已有三年未见，但每次吃到好菜总会不自觉想起他来。因为在这个世界上，人莫不饮食，豪侈暴发之辈奇多，一掷万金者也所在多有，但鲜有能知味之人，知味是多么不易呀！

我们通信的开头总是："最近在 ×× 路发现 ×× 馆子，拿手好菜是……味道……"结尾则是："几时来这里，一起去大吃一顿吧！"

知味不易，人生得知味之知己，是多么难呀！

总有群星在天上

我沿着开满绿茵的小路散步，背后忽然有人说："你还认识我吗？"

我转身凝视她半天，老实地说："我记不得你的名字了。"

她说："我是你年轻时第一次最大的烦恼。"她的眼睛极美，仿佛是大气中饱孕露球的清晨，试图唤醒我的回忆。

我默默地站了一会儿，感到自己就是那清晨，我说："你已卸下了你泪珠中的一切负担了吗？"

她微笑不语，我感觉到她的笑语就是从前眼泪所化成的。

"你曾说，"看到我有如湖水般清澈平静，她忍不住低声地说，"你曾说，你会把悲痛永远刻在心版。"

我脸红了，说："是的，但岁月流转，我已忘记悲痛。"

然后，我握着她的手说："你也变了。"

"曾经是烦恼的，如今已变成平静了。"她说。

最后，我们牵着手在开满绿茵的小路散步，两个人都像清晨大气中饱含的露珠，清澈、平静、饱满。

昨天悲痛的露珠早已消散，今晨的露珠也在微笑中，逐渐消散了。

这是泰戈尔《即兴诗集》里的一段，我改写了一点点，使它具有一些“林清玄风格”，寄给你。我觉得这一段话很能为我们情爱的过往写下注脚。我偶尔也会遇见年轻时给我悲痛与烦恼的人，就感觉自己很能接近这首叙事诗的心情了。

我很能体会你此时的心情，因为不想伤害别人，以致迟迟不能做出分手的决定。你是那样的善良与纯真（就像我的少年时代），可是，往往因为我们不忍别人受伤，到最后，自己却受了最大的伤害，那就像把一支蜡烛围起来烧一样（因为我们怕烧到别人），自己承受了浓烟和窒息。其实，只要我们把蜡烛拿到桌面上，黑暗的房子看得更清楚，自己和别人说不定因此有一些光明与温暖的体会。

这些年来，我日益觉得智慧的重要。什么是“智慧”呢？智是观察和思考的能力，慧是抉择与判断的能力。你的情形是很容易做观察和抉择的。爱上你的人是你不该爱的人，而选择分手可以使你卸下负担得到自由，为什么不选择及早地分手呢？你不忍对方受伤害，但是，爱必然会带着伤害，特别是不正常不平衡的爱，伤害是必然的，我们要学习受伤，别人也要学习受伤呀！

我再写一首泰戈尔的短诗给你：

烟对天空、灰对大地自夸：
“火是我们的兄弟。”
悲伤对心、烦恼对生命自矜：
“爱是我们的姐妹。”
问了火和爱，他们都说：
“我们怎么会有那样的兄弟姐妹？”
“我的兄弟是温暖和光明。”火说。
“我的姐妹是温柔与和平。”爱说。

在我们生命的岁月里，火和爱或许是必要的，但不必要弄得自己烟尘滚滚、灰头土脸，也不必一定要悲伤和烦恼，那就像每天有黎明与日落一般，大地坦然地承受罢了。不正常与不平衡的爱是人生最好的启蒙，就如同乌云与暴风雨是天空最好的启示一般。

关于心、关于生命，没有什么是真正的伤害，也没有什么是真正的好。雨在下的时候可能觉得自己对茉莉花是有好处的，但盛开的茉莉花可能因为一场微雨凋落了；曝晒的阳光可能觉得自己会伤害秋日的土地，但土地中的种子却因为阳光能青翠地发芽了。爱情的成熟与圆满正是如此，只要不失真心，没有什么可以伤害我们真实的生命。

在写信给你的时候，我的思想像一只天鹅飞翔，忆起自己在笔记上写过的一些东西：

> 箭在弓上时，箭听见弓的低语：
> “你的自由是我给予的。”
> 箭射出时，回头对弓大声说：
> “我的自由是我自己的。”
> ——没有飞翔，就没有自由。
> ——没有放下，就没有自由。
> ——没有自由，弓与箭都失去意义。

这些都是游戏的笔墨，我们千万别忘了弓箭之后有拉弓的力，力之后还有人，人还要站在一个广大的空间上。

人人都渴望爱情，即使我们正处在其中的爱情不是最好的，却因为渴求而盲目了，这一点连天神也不例外。希腊神话里太阳神阿波罗在追求猎户少女达芙妮时，因为追不到，使她被父亲化成一棵月桂树，然后感叹地说："你虽不爱我，但最低限度你必须成为我的树。"从此，阿波罗的头上总是戴着月桂冠，纪念他对达芙妮的爱。牧神潘恩则把女神灵化成一簇芦苇，并把她化成一支芦笛随身携带。世上最美的少年那喀索斯无法全心地爱别人（因为他太爱自己了）。最后他化为池中的一朵水仙花。另一位美少年许阿铿托斯则因为阿波罗的嫉妒而变成一枝随风漂泊的风信子……

神话是一个象征，象征人要从情爱中得到自由自在、无碍解脱是多么艰难呀！但是学习是人间的功课，到现在我还在学习，只是我每看到人在情爱中挣扎都是感同身受，希望别人早日得到超越，那是因为我们的学习不一定要自己深陷泥沼才会体验到，有观照之智、抉择之慧，也知道那泥沼的所在和深浅，绕道而行或跨步而过。

希望下次收到你的信，就听见你的好消息。我们不必编月桂冠戴在头上，不必随身携带芦苇，人生有许多花朵等我们去采。如果只想采断崖绝壁那一朵绝美的百合，很可能百合没有采到，清晨已经消逝了。

青春的珍惜是最重要的。在不正常不平衡的爱里浪掷青春，将会使人生的黄金岁月过得茫然而痛苦。青春像鸟，应该努力往远处飞翔。爱情纵使贵如黄金，鸟的翅膀上绑着黄金，也会使最善飞翔的鸟为之坠落！

> 屋里的小灯虽然熄灭了，
> 但我不畏惧黑暗，
> 因为，总有群星在天上。
> 爱情虽然会带来悲伤，
> 一如最美的玫瑰有刺，
> 但我不畏惧玫瑰，
> 因为，我有玫瑰园，
> 我只欣赏，而不采摘。

但愿这封信能抚慰你挣扎的心，并带来一些启示。

茶香一叶

在坪林乡，春茶刚刚收成结束，茶农忙碌的脸上才展开了笑容，陪我们坐在庭前喝茶，他把那还带着新焙炉火气味的茶叶放到壶里，冲出来一股新鲜的春气，溢满了一整座才刷新不久的客厅。

茶农说：“你早一个月来的话，整个坪林乡人谈的都是茶，想的也都是茶，到一个人家里总会问采收得怎样？今年烘焙得如何？茶炒出来的样色好不好？茶价好还是坏？甚至谈天气也是因为与采茶有关才谈它，直到春茶全采完了，才能谈一点茶以外的事。”听他这样说，我们都忍不住笑了，好像他好不容易从茶的影子走了出来，终于能做一些与茶无关的事情，好险！

慢慢地，他谈得兴起，把一斤三千元的茶也拿出来泡了，边倒茶边说：“你别小看这一斤三千元的茶，是比赛得奖的，同样的品质，在台北的茶店可能就是八千元的价格。在我们坪林，一两五十元的茶算是好茶了，可是在台北一两五十元的茶里还掺有许多茶梗子。”

“一般农民看我们种茶的茶价那么高，喝起茶来又是慢条斯理，觉得茶农的生活满悠闲的，其实不然，我们忙起来的时候比任何农民都要忙。”

“忙到什么情况呢？”我问他。

他说，茶叶在春天的生长是很快的，今天要采的茶叶不能留到明天，因为今天还是嫩叶，明天就是粗叶子，价钱相差几十倍，所以赶清晨出去一定是采到黄昏才回家，回到家以后，茶叶又不能放，一放那新鲜的气息就没有了，因而必须连夜烘焙，往往工作到天亮，天亮的时候又赶着去采昨夜萌发出来的新芽。

而且这种忙碌的工作是全家总动员，不分男女老少。在茶乡里，往往一个孩子七八岁时就懂得采茶和炒茶了，一到春茶盛产的时节，茶乡里所有孩子全在家帮忙采茶炒茶，学校几乎停顿，他们把这一连串为茶忙碌的日子叫“茶假”——但孩子放茶假的时候，比起日常在学校还要忙碌得多。

主人为我们倒了他亲手种植和烘焙的茶，一时之间，茶香四溢。文山包种茶比起乌龙还带着一点溪水清澈的气息，乌龙这些年被宠得有点像贵族了，文山包种则还带着乡下平民那种天真纯朴的亲切与风味。

主人为我们说了一则今年采茶时发生的故事。他由于白天忙着采茶、分茶，夜里还要炒茶，忙到几天几夜都不睡觉，连吃饭都没有时间，添一碗饭在炒茶的炉子前随便扒扒就解决了一餐，不眠不休地工作只希望今年能采个好价钱。

“有一天采茶回来，马上炒茶，晚餐的时候自己添碗饭吃着，扒了一口，就睡着了，饭碗落在地上打破都不知道，人就躺在饭粒上面，隔一段时间梦见茶炒焦了，惊醒过来，才发现嘴里还含着一口饭，一嚼发现味道不对，原来饭在口里发酵了，带着米酒的香气。”主人说着说着就笑起来了，我却听到了笑声背后的一些心酸。人忙碌到这种情况，真是难以想象，抬头看窗外那一畦畦夹在树林山坡间的茶园，即使现在茶采完了，还时而看见茶农在园中工作的身影，在我们面前摆在壶中的茶叶原来不是轻易得来的。

主人又换了一泡新茶，他说：“刚喝的是生茶，现在我泡的是三分仔（即炒到三分的熟茶），你试试看。”然后他从壶中倒出了黄金一样色泽的茶汁来，比生茶更有一种古朴的气息。他说：“做茶的有一句话，说是‘南有冻顶乌龙，北有文山包种’，其实，冻顶乌龙和文山包种各有各的胜场，乌龙较浓，包种较清；乌龙较香，包种较甜，都是台湾之宝，可惜大家只熟悉冻顶乌龙，对文山的包种茶反而陌生，这是很不公平的事。”

对于不公平的事，主人似有许多感慨，他的家在坪林乡山上的渔光村，从坪林要步行两个小时才到，遗世而独立地生活着，除了种茶，闲来也种一些香菇，他住的地方在海拔八百米高的地方，为什么选择住这样高的山上？“那是因为茶和香菇在越高的地方长得越好。”

即使在这么高的地方，近年来也常有人造访，主人带着乡下传统的习惯，凡是有客人来总是亲切招待，请喝茶请吃饭，临走还送一点自种的茶叶。他说：“可是有一次来了两个人，我们想招待吃饭，忙着到厨房做菜，过一下子出来，发现客厅的东西被偷走了一大堆，真是令人伤心哪！人在这时比狗还不如，你喂狗吃饭，它至少不会咬你。”

主人家居不远的地方，有北势溪环绕，山下有一个秀丽的大舌湖，假日时候常有青年到这里露营，青年人所到之处，总是垃圾满地，鱼虾死灭，草树被践踏，然后他们拍拍屁股走了，把苦果留给当地居民去尝。他说：“二十年前，我也做过青年，可是我们那时的青年好像不是这样的，现在的青年几乎都是不知爱惜大地的，看他们毒鱼的那种手段，真是令人毛骨悚然，这里面有许多还是大学生。只要有青年来露营，山上人家养的鸡就常常失踪，有一次，全村的人生气了，茶也不采了，活也不做了，等着抓偷鸡的人，最后抓到了，是一个大学生，村人叫他赔一只鸡一万块，他还理直气壮地问：天下哪有这么贵的鸡？我告诉他说：一只鸡是不贵，可是为了抓你，每个人本来可以采一千五百元茶叶的，都放弃了，为了抓你，我们已经损失好几万了。”

这一段话，说得在座的几个茶农都大笑起来。另一个老的茶农接着说：“像文山区是台北市的水源地，有许多台北人就怪我们把水源弄脏了，其实不是，我们更需要干净的水源，保护都来不及，怎么舍得弄脏？把水源弄脏的是台北人自己，每星期有五十万个台北人到坪林来，人回去了，却把五十万人份的垃圾留在坪林。”

在山上茶农的眼中，台北人是骄横的、自私的、不友善的、任意破坏山林与溪河的一种动物，有一位茶农说得最幽默：“你看台北人自己把台北搞成什么样子，我每次去，差一点窒息回来！一想到我们辛辛苦苦种出来的最好的茶要给这样的人喝，心里就不舒服。”

谈话的时候，他们几乎忘记了我是台北来客，纷纷对这个城市抱怨起来。在我们自己看来，台北城市的道德、伦理、精神只是出了问题；但在乡人的眼中，这个城市的道德、伦理、精神是几年前早就崩溃了。

主人看看天色，估计我们下山的时间，泡了今春他自己烘焙出来最满意的茶，那茶还有今年春天清凉的山上气息，掀开壶盖，看到原来卷缩的茶叶都伸展开来，感到一种莫名的欢喜，心里想着，这是一座茶乡里一个平凡茶农的家，我们为了品早春的新茶，老远跑来，却得到了许多新的教育，原来就是一片茶叶，它的来历也是不凡的，就如同它的香气一样是不可估量的。

从山上回来，我每次冲泡带回来的茶叶，眼前仿佛浮起茶农扒一口饭睡着的样子，想着他口中发酵的一口饭，说给朋友听，他们一口咬定：“吹牛的，不相信他们可能忙到那样，饭含在口里怎么可能发酵呢？”我说：“如果饭没有在口里发酵，那里编得出来这样的故事呢？”朋友哑口无言。

然后我就在喝茶时反省地自问：为什么我信任只见过一面的茶农，反而超过我相交多年的朋友呢？

疑问就在鼻息里化成一股清气，在身边围绕着。

平常心不是道

现在学禅的人，或甚至不学禅的人最常挂在口边的一句是“平常心是道”。

对于学禅的人，历来的祖师不都告诉我们，道在寻常日用之间吗？因此，“饥来吃饭，困来即眠”是道，“行住坐卧，应机接物”是道，“喝茶、吃粥、洗钵”也是道，连瓦砾里都有无上法，何况是平常心呢？所以，大家只顾吃饭、睡觉就好了。哪里用得着拼老命的修行呢？

对于不学禅的人，有许多从禅宗里盗了“平常心是道”的话，就以此为借口，认为天下无道可学，只要平常过日子就好了，甚至嘲笑那些困苦修行的人说：“你们的祖师不是说平常心是道吗？何用这样精进辛苦地修行？”

到底，平常心是不是道呢？

要知道平常心是不是道，我们先来看“平常心是道”的起源。

中国禅宗史上，第一位提出“平常心是道”的是马祖道一禅师，在《景德传灯录》里记载他向门人的开示：“道不用修，但莫污染。何为污染？但有生死心，造作趣向，皆是污染。若欲直会其道，平常心是道。谓平常心，无造作、无是非、无取舍、无断常、无凡无圣。”这是“平常心是道”的来源。

在这段开示后，马祖道一禅师又有一些话用来解释“平常心是道”，我在这里摘取易于了解的段落：

“行住坐卧，应机接物，尽是道。道即是法界，乃至河沙妙用，不出法界。”

“名等义等，一切诸法皆等，纯一无杂。若于教门中得，随时自在。建立法界，尽是法界；若立真如，尽是真如。若立理，一切法尽是理；若立事，一切法尽是事。”

“一切法皆是佛法，诸法即解脱，解脱者即真如，诸法不出于真如，行住坐卧，悉是不思议用，不待时节。”

这些都是白话，不难明白，意思是当一个人反观自心、证得妙用的本性，他就能进入纯粹自在平等无我的境界，那时他了解达到自性是没有生灭的，知道法身无穷遍满十方。到了这个时候，他自然能平常地对待外在事物，不会为造作、是非、取舍、断常、凡圣所执着了。

也即是说，当一个人明心见性、不为外来的情况所转动的时候，他才能时时无碍，处处自在，事理双通，进入平常的世界。平常不是指外面的改变，而是说不论碰到任何景况。自己的心性都能不动如一。

了解到这一层，我们就知道“平常心是道”没有那么简单，在禅的精神里，只有见性人才能说“平常心是道”，一般学禅的人，心性都还没找到，怎么谈得上平常心呢？

因此，对刚开始修行的人，平常心不是道，而是流血奋斗的事业，要透过非常的努力追求心性的开悟，而不能一开始就像祖师们一样说：“平常心是道”。

关于“平常心是道”，最有名的一首诗是宋朝无门慧开的作品：

春有百花秋有月，

夏有凉风冬有雪；
若无闲事挂心头，
便是人间好时节。

像我们每天闲事挂在心头的人，只有时常对自己提醒：“平常心不是道”，勇猛求菩提，才有机会体验四季的每一时刻都是“好时节”的平常心，否则大海红尘、平地波涛，刹那就把我们淹埋，哪里还有什么平常心！

不下棋的时候

学者恒沙无一悟，
过在寻他舌头路；
欲得忘形泯踪迹，
努力殷勤空里步。

——洞山良价禅师

有一个中年人，事业成功、家庭幸福，但是经常感觉非常苦闷，又找不到苦闷的原因。这种内在的压力日渐加深，不禁使他对整个生命的价值感到困惑，只好去向心理医生求助。

医生听了他的烦恼之后，开给他四帖药，分别装在不同的药袋里，对他说：“你明天早上九点钟以前独自一个人到海边去，九点钟打开第一帖药，十二点用第二帖药，下午三点和五点用剩下的两帖药，然后天黑的时候回家，你的病就好了。”

他听了医生的话，第二天一大早就独自到了海边，九点钟的时候打开第一帖药，发现里面有一张纸，写了两个字：“谛听。”

这帖药出乎人的意料，他就坐在海边谛听，听海浪拍打沙滩的声音，海风掠过的声音，海鸟觅食的声音……这些大自然的声音给他一种亲切宁静之感，他突然惊觉，自己的生活已经很久没有谛听了。

到中午十二点，他打开第二帖药，上面写着："回忆。"他就坐在海边静静地思索着自己的童年与成长，那些辛苦的日子里，拥有的很少，却有很多的欢乐。想起一些童年的欢笑，使他露出了难得的笑靥。

下午三点，他用的第三帖药是"检查你的动机"，他开始检查起自己是在什么情况下踏入社会的？追求名利的动机何在？现在的情况是否合乎从前的动机？

他的第四帖药是"把你的烦恼写在沙滩上"，他随手捡了一块石头，把自己心中的烦恼与苦闷写在沙滩上，眼看还没有写完的烦恼，一下子就被海浪抚平，冲走了。

黄昏的时候，中年人从海边愉快地回家了，心里的苦闷也随之开朗了。

这是教育心理学上的一个个案，我觉得是医治现代人苦闷之病的很好的药方。一个人在心理上不能得到解脱，往往是沉陷其中，不能自拔的结果，若愿意转一个弯，天地就自然晴朗了。

从禅的角度看来，这个故事也很符合禅的心灵开发过程，"谛听"是"外观世音"，让自己与自然冥合；"回忆"是"内观自在"，在静虑中反观自己的心；"检查你的动机"则是"莫忘初心"，不忘最初念头，这种动机的检查是一种"承担"；"把烦恼写在沙滩上"则是"放下"，人生究竟的结局，不要说名利要放下，烦恼也要放下，为什么人总是不愿意及早放下呢？

其实，这种训练，只是让我们从"当局者"跳跃出来成为"旁观者"，由迷转清而已。我们在看人下棋时，总是看到高超奥妙的棋路，但是一旦我们自己下棋，往往在焦虑的苦思里还走出荒疏的步数。那是由于我们旁观时不执着胜负，甚至不执着于棋，所以能冷静清醒地判断局面。

最好的棋手一定在下棋时有一种超乎自然的感性，在对峙中他不浮躁焦急，局势不论好坏，他都保持泰然自若的态度；人生的棋也是如此，不被胜负所牵，自然不会沉迷或波动了。

这也就是为什么像“谛听”“回忆”“检查你的动机”“把你的烦恼写在沙滩上”看起来并不重要的课题，却往往是使生命柳暗花明最重要的东西了。

在人生的步幅上，不是那么紧张有效的、有实用利益的事物，事实上是在放松我们的心智，放松——舒坦坦地放在那里——有时正好是启发禅心的契机。

灵云禅师参禅参了二十几年，一直都不能开悟，有一天在禅定时抬头看到窗外盛开的桃花，突然之间，就开悟了。那一刹那的放松使他猛然心念顿空，反观心性，就找到了，所以他写下这样的一首诗：

> 三十年来寻剑客，
> 几回落叶又抽枝。
> 自从一见桃花后，
> 直至如今更不疑。

灵云禅师和前面那一位到海边的中年人一样，是从“当局者迷”转到了“旁观者清”的位置上，中年人知道怎么用更好的态度回来下人生的棋了。而灵云禅师则是开悟了广大的空性，事虽然不同，理却是一样的。

只是，我们有没有想过，要为苦闷的自己做一个什么样的扭转与放松呢?

不放逸的生活

我有两个少年时代因采访认识的朋友，最近，一个去世了，名字叫作古龙；一个生了重病，名字叫作北港六尺四。

记得古龙过世前不久，我去看他，他的形容枯槁，苍老得像七十岁的老头子，他那时为重病所困，全身已没有一个器官是健康的，当然，酒是一点也不能喝了。

我们坐在日影西斜的暮色里，一起回忆着我们年轻的时候，那时为所谓的豪情所驱，每次会面一定是大醉狂歌而归，有时候一夜就喝掉十几瓶上好的白兰地。

大侠的挽歌

有一回，光是我们两人对饮，一夜就喝掉六瓶 XO，喝到眼睛不能对焦了，人在酒台一仰身就睡昏了过去。想起来，那已是八年前的旧事，那年我二十三岁，古大侠四十岁。

谈到这些，古龙说：“你小的时候酒量酒胆——都是一流的，可惜我病成这样，否则真能再畅饮一番！”

我不知道说什么，两人沉默了一阵。

古龙突然说：“其实，我很后悔以前过那么放纵的生活，尤其在酒色上面，荒唐得太久了。”我所认识的古龙，是向来不说丧气话、不表示悔意的，听他这样一说，反使我吃了一惊，他接着又说：“你以后要少喝酒呀！”

“我早就戒酒了。”我说。

古龙先是露出诧异的神色，那神色就像所有认识我的朋友听到我戒酒的消息一样，然后马上转为欣慰说：“酒不是什么好东西。”

其实，古龙的酒名之盛并不亚于他的武侠，在他的朋友里，我的酒量是排名在后面的，他的许多朋友都有把威士忌当白开水喝的本事，和他们喝酒，就像亲见到古龙小说中狂饮放歌的场面。

喝酒，也使古龙付出了十分惨重的代价。他的婚姻失败了，妻子远离，临终时竟没有亲人在身旁，含恨而去。他大部分的社会新闻都是因酒而起，在北投被砍杀的那一场，也是由于纵酒的关系。酒也使他昏沉，大部分时间沉迷醉乡，使他在最巅峰的时候，有很长一段时间没有作品，这是最可惜的。

从他劝我不要喝酒那一次以后，我没有再见过古龙，因为他遽然过世了，死时才四十八岁，死因完全是酒引起的。但是我想到他临死前劝我少喝酒的情状，知道那是朋友真正的善意，这种体会是他用生命的代价所换来的。

记得他病后在写《大武侠》系列，曾感慨地对着我说：“我只希望老天还能给我两年的时间，让我把《大武侠》系列告一个段落，流传下来，这样我死也瞑目了。”

可叹，老天连一年的时间也不给他。

他死后，他的朋友商议要用四十八瓶最好的轩尼诗XO给他陪葬，我真希望他在九泉之下不要跳了起来说：“我喝酒都喝死了，死了你们还叫我喝！”

他的朋友是一番善意，但是我们每个人劝人喝酒时何尝不是善意呢？只是善意放在酒中也变成杀人的毒汁了。

铁汉的悲剧

认识“北港六尺四”是多年前我在做报告文学的时候，那时对中国功夫很有兴趣，有一次路过北港，在妈祖庙前有一家北港六尺四开的药店，我就进去采访了这位从台湾乡间崛起的国术名家。

当时我看到的六尺四，神采奕奕，由于他的身形比一般人高大许多，感觉上壮得像一座山，最令我印象深刻的是他的手，张开手掌来就如同一张梧桐叶那样大，又宽又厚。

北港六尺四不只是身体棒，他的功夫也很了不起，他从小就随父亲练中国功夫，练了一身的气功，后来精通了太极拳、罗汉拳、鹤拳等拳术，二十几岁的时候，已经是北港地区有名的国术家。

他的本名叫陈政行，因为身高正好是六尺四，后来国术界的人就叫他“北港六尺四”，本名反而被遗忘。

六尺四最有名的功夫有三：一是汽车碾身，他可以躺着，让满载五十人的游览车从身上碾过而毫发不伤；二是单手抓人，他可以一只手抓起体重八十八斤的壮汉，向上撑起；三是钢筋抽身，他可以任凭拇指粗的建筑用钢筋抽打，一直打到钢筋弯折而皮肉无伤。以这样的功夫，恐怕在台湾也难得找到像他一样刚强的铁汉。

后来我每次路过北港，总会去看看他，发现六尺四虽然名闻天下，性格却是非常朴实的，他勤劳，有责任感，娶两个太太，为了维持两个家庭，终日在外奔波卖药。

他幼年失学，因此几乎没有别的嗜好，唯一的嗜好就是喝酒，他的酒量比古龙还好，他一次可以喝掉三大瓶的金门高粱，像绍兴花雕一次可以喝八瓶到十瓶，至于啤酒，那更不用说了，他把乡下一家小店所有的啤酒都喝光也不会醉。

这位功夫行家，性格非常谦虚温和，他酒品很好，喝了酒后不闹事。

去年十一月，北港六尺四病倒了，病因是脊椎骨腐蚀和高血压，造成这些病的原因，除了自恃身体强健劳累过度，就是过量的饮酒。

现在，北港六尺四，铁打的金刚正躺在病床上，脊椎用支架撑着，血压以药物控制，这位游览车压不倒的人，却被黄汤灌倒了。

那些自以为身体奇棒无比，自以为年轻可以挥霍的人，放纵饮酒之时，请想想北港六尺四吧！他今年才四十八岁，是多么年轻有为，可是由于饮酒，枉费了二十几年时间才练出的武功。

我每次想起这两位为酒所害的朋友，就想到佛经里对酒的看法，佛教把戒饮酒作为弟子的基本戒律之一，确实有极深刻的道理，在许多佛教的经典中都谈到了酒的危害，例如：

“饮酒有六失：一者，失财。二者，生病。三者，闹事。四者，恶名流布。五者，恚怒暴生。六者，智慧日损。”——《长阿含经》

“酒为毒气，主成诸恶。王道毁，仁泽灭，臣慢上，忠敬朽。父失礼，母失慈，子凶逆，孝道败。夫失信，妇奢淫。九族诤，财产耗。亡国危身，无不由酒。”——《佛说八师经》

酒如此，生活的一切无不如此，过度的放逸总是有害的，一个过着正常生活的人，都是一日一日地在燃烧，在老化，在走往衰竭与死亡的道路，何况是放逸的人？放逸的生活是加速燃烧、加速老化、加速了衰竭与死亡的时间。

因此，选择过一个不放逸的生活在现代是多么的重要，因为现代人比古代的人更烦闷、更复杂、更苦痛，一旦不知节制，正如同焦热之油，烈火一点，瞬间便能燃尽。

鸳鸯香炉

一对瓷器做成的鸳鸯，一只朝东，一只向西，小巧灵动，仿佛刚刚在天涯的一角交会，各自轻轻拍着羽翼，错着身，从水面无声划过。

这一对鸳鸯关在南京东路一家宝石店中金光闪烁的橱窗一角，它们鲜艳的色彩比珊瑚、宝石、翡翠还要灿亮。但是，由于它们的游姿那样平和安静，竟仿若它们和人间全然无涉，一直要往远方无止境地游去。

再往内望去，宝石店里供着一个小小的神案，上书“天地君亲师”五个大字。晨香还未烧尽，烟香缭绕，我站在橱窗前不禁痴了，好像鸳鸯带领我，顺着烟香的纹路游到我童年的梦境里去了。

记得我还未识字以前，祖厅的神案上就摆着一对鸳鸯，是瓷器做成的檀香炉，一缕香烟终年氤氲，在厅堂里绕来绕去。檀香的气味仿佛可以勾起人深沉平和的心灵世界，即使是一个小小孩儿也被吸引得意兴飘飞。我常和兄弟们在厅堂中嬉戏，每当我跑过香炉前，闻到檀香之气，总会不自觉地出神，呆呆看那一缕轻淡但不绝的香烟。

尤其是冬天，一缕直直飘上的烟，不仅是香，甚至也是温暖的象征。有时候一家人不说什么，夜里围坐在香炉前面，情感好像交融在炉中，并且烧出一股淡淡的香气了。

它比神案上插香的炉子更让我深切感受到一种无名的温暖。

最喜欢夏日夜晚，我们围坐着听老祖父说故事。祖父总是先慢条斯理地燃起那个鸳鸯香炉，然后坐在他的藤摇椅中，说起那些流动着血泪声香的感人故事。我们倚在祖父膝前，张开好奇的眼眸，倾听祖先依旧动人的足音响动。越到星空夜静，香炉的烟就越是直直地升到屋梁，绕着屋梁飘到庭前来，一丝一丝，萤火虫都被吸引来。香烟就像点着了萤火虫尾部的光亮，一盏盏微弱的灯火四散飞升，点亮了满天的向往。

有时候是秋色萧瑟，空气中有一种透明的凉，秋叶正红，鸳鸯香炉的烟柔软得似蛇一样升起。烟用小小的手推开寒凉的秋夜，推出一扇温暖的天空。从萧疏的后院看去，几乎能看见那一对鸳鸯依偎着的身影。

那一对鸳鸯香炉的造型十分奇妙，雌雄的腹部连在一起，雄的稍前，雌的在后。雌鸳鸯是铁灰一样的褐色，翅膀是绀青色，腹部是白底，有褐色的浓斑，像褐色的碎花开在严冬的冰雪之上。它圆形的小头颅微缩着，斜倚在雄鸳鸯的肩膀上。

雄鸳鸯和雌鸳鸯完全不同，它的头高高仰起，头上有冠，冠上是赤铜色的长毛，两边色彩斑斓的翅翼高高翘起，像一个两面夹着盾牌的武士。它的背部更是美丽，红的、绿的、黄的、白的、紫的全开在一处，仿佛春天里怒放的花园。它的红嘴是龙吐珠，黑眼是一朵黑色的玫瑰，腹部微茫的白点是满天星。

那一对相偎相依的鸳鸯，一起栖息在一片晶莹翠绿的大荷叶上。

鸳鸯香炉的腹部相通，背部各有一个小小的圆洞，当檀香的烟从它们背部冒出的时候，外表上看像是各自焚烧，事实上腹与腹间互相感应。我最常玩的一种游戏，就是在雄鸳鸯身上烧了檀香，然后把雄鸳鸯的背部盖起来，烟与香气就会从雌鸳鸯的背部升起；如果在雌鸳鸯的身上烧檀香，盖住背部，香烟则从雄鸳鸯的背上升起来；如果把两边都盖住，它们就像约好了一样，一瞬间，檀香就在腹中熄灭了。

倘若两边都不盖，只要点着一只，烟就会均匀地冒出，它们各生一缕烟，升到中途慢慢氤氲在一起，到屋顶时已经分不开了。交缠的烟在风中弯弯曲曲，如同合唱一首有节奏的歌。

鸳鸯香炉的记忆，是我童年的最初，经过时间的洗涤越久，形象越是晶明，它几乎可以说是我对情感和艺术的最初向往。鸳鸯香炉不知道出于哪一位匠人之手，后来被祖父购得，它的颜色造型之美让我明白并体会到中国民间艺术之美；虽是一个平凡的物件，却有一颗生动灵巧的匠人心灵在其中游动，使香炉经过百年都还像是活的一般。民间艺术之美总是平凡中见真性，在平和的贞静里历百年还能给我们新的启示。

关于情感的向往，我曾问过祖父，为什么鸳鸯香炉要腹部相连？祖父说，鸳鸯没有单只的，鸳鸯是中国人对夫妻的形容。夫妻就像这对香炉，表面各自独立，腹中却有一点心意相通，这种相通，在点了火的时候最容易看出来。

我家的鸳鸯香炉每日都有几次点燃的经验，每经一次燃烧，那一对鸳鸯就好像靠得更紧。我想，如果香炉在天际如烽火，火的悲壮也不足以使它们殉情，因为它们的精神和象征立于无限的视野，永远不会畏怯，在火炼中也永不消逝。比翼鸟飞久了，总会往不同的方向飞；连理枝老了，也只好在枝丫上无聊地对答。鸳鸯香炉不同，因为有火，它们不老。

稍稍长大后，我识字了，识字以后就无法抑制自己的想象力飞奔，常常从一个字一个词句中飞腾出来，去找新的意义。“鸳鸯香炉”四字就使我想象力飞奔，觉得用“鸳鸯”比喻夫妻真是再恰当不过，“鸳”的上面是“怨”，“鸯”的上面是“央”。

“怨”是又恨又叹的意思，有许多抱怨的时刻，有很多无可奈何的时刻，甚至也有很多苦痛无处诉的时刻。“央”是求的意思，是诗经中说的“和铃央央”的和声，是有求有报的意思，有许多互相需要的时刻，有许多互相依赖的时刻，甚至也有很多互相怜惜求爱的时刻。

夫妻生活是一个有颜色、有生息、有动静的世界。在我的认知里，夫妻的世界几乎没有无怨无尤幸福无边的例子，因此，要在“怨”与“央”

间找到平衡，才能是永世不移的鸳鸯。鸳鸯香炉的腹部相通是一道伤口，夫妻的伤口几乎只有一种药，这药就是温柔，“怨”也温柔，“央”也温柔。

所有的夫妻都曾经拥抱过、热爱过、深情过，为什么有许多到最后分飞东西，或者郁郁而终呢？爱的诺言开花了，虽然不一定结果，但是每年都开了更多的花，用来唤醒刚坠入爱河的新芽，鸳鸯香炉是一种未名的爱，不用声名，千万种爱都升自胸腹中柔柔的一缕烟。把鸳鸯从水面上提升到情感的诠释，就像鸳鸯香炉虽然沉重，它的烟却总是往上飞升，或许能给我们一些新的启示吧！

至于“香炉”，我感觉所有的夫妻最后都要迈入“共守一炉香”的境界，久了就不只是爱，而是亲情。任何婚姻的最后，热情总会消退，就像宗教的热诚最后会平淡到只剩下虔敬；最后的象征是“一炉香”，在空阔平朗的生活中缓缓燃烧。那升起的烟，我们逼近时可以体贴的感觉，我们站远了，还有温暖。

我曾在万华的小巷中看过一对看守寺庙的老夫妇，他们的工作很简单，就是在晨昏时上一炷香，以及打扫那一间被岁月剥蚀的小庙。我去的时候，他们总是无言，轻轻的动作，任阳光一寸一寸移到神案之前；等到他们工作完后，总是相携着手，慢慢左拐右弯地消失在小巷的尽头。

我曾在信义路附近的巷子口，看过一对捡破烂的中年夫妻。丈夫吃力地踩着一辆三轮板车，口中还叫着收破烂特有的语言，妻子经过每家门口，把人们弃置的空罐酒瓶、残旧书报一一丢到板车上。到巷口时，妻子跳到板车后座，熟练安稳地坐着，露出做完工作后欣慰的微笑，丈夫也突然吹起口哨来了。

我曾在通化街的小面摊上，仔细地观察一对卖牛肉面的少年夫妻：丈夫总是自信地在热气腾腾的锅边下面条，妻子则一边招呼客人，一边清洁桌椅，还要弯下腰来洗涤油污的碗碟。在卖面的空当，他们急急地共吃一碗面，妻子一径把肉夹给丈夫，他们那样自若，那样无畏地生活着。

我也曾在南澳乡的山中，看到一对刚做完香菇烘焙工作的山地夫妻，依偎着共坐在一块大石上，谈着今年的耕耘与收成，谈着生活里最细微的事，一任顽皮的孩童丢石头，把他们身后的鸟雀惊飞而浑然不觉。

我更曾在嘉义县内一个大户人家的后院里，看到一位须发俱白的老先生，爬到一棵莲雾树上摘莲雾，他年迈的妻子兜着围裙站在莲雾树下接莲雾。他们的笑声那样年少，连围墙外都听得分明。他们不能说明什么，他们说明的是一炉燃烧了很久的香还会有它的温暖，那香炉的烟虽弱，却有力量，它顺着岁月之流可以飘进任何一扇敞开的门窗里。

每当我看到这样的景象，总是站得远远的仔细听，香炉的烟声传来，其中好像有瀑布奔流的响声，越过高山，流过大河，在我的胸腹间奔湍。如果没有这些平凡生活的动作，恐怕也难以印证情爱可以长久吧！

童年的鸳鸯香炉，经过几次家族的搬迁，已经不知流落到什么地方——或者在另一个少年家里的神案上吧。再要找到一个同样的香炉恐怕永不可得，但是它的造型、色泽以及在荷叶上栖息的姿势，却为时日久而鲜锐无比。每当在情感受挫、生活困顿之际，我总是循着时间的河流回到岁月深处去找那一盏鸳鸯香炉。它是情爱最美丽的一个鲜红落款，情爱画成一张重重叠叠交缠不清的水墨画，水墨最深的山中洒下一条清明的瀑布，瀑布流到无止境的地方是香炉美丽明晰的章子。

鸳鸯香炉好像暗夜中的一盏灯，使我童年对情感的认知乍见光明，在人世的幽晦中带来前进的力量；使我即使只在南京东路宝石店橱窗中，看到一对普通的鸳鸯瓷器都要怅然良久。就像坐在一个黑乎乎的房子里，第一盏点着的灯最明亮，最能感受明与暗的分野，后来即使有再多的灯，总不如第一盏那样，让我们长记不息；坐在长廊尽处，纵使太阳和星月都冷了，群山草木都衰尽了，香炉的微光还在记忆的最初，在任何可见和不可知的角落，温暖地燃烧着。

图书在版编目（CIP）数据

我心安好，便是幸福 / 林清玄著. — 北京 : 现代出版社，2017.10

ISBN 978-7-5143-6093-6

Ⅰ. ①我… Ⅱ. ①林… Ⅲ. ①散文集—中国—当代 Ⅳ. ①I267

中国版本图书馆CIP数据核字(2017)第239541号

版权登记号 01-2017-7256

本著作物经北京阅享国际文化传媒有限公司代理，由九歌出版社有限公司授权，在中国大陆出版、发行中文简体字版本。

我心安好，便是幸福

作　　者	林清玄
策划编辑	魏　巍
责任编辑	张　霆　王志标
出版发行	现代出版社
地　　址	北京市安定门外安华里504号
邮政编码	100011
电　　话	010-64267325 64245264（传真）
网　　址	www.1980xd.com
电子邮箱	xiandai@vip.sina.com
印　　刷	三河市南阳印刷有限公司
开　　本	710mm×1000mm 1/16
印　　张	17
字　　数	300千字
版　　次	2018年1月第1版　2018年1月第1次印刷
书　　号	ISBN 978-7-5143-6093-6
定　　价	45.00元